刘心武说红楼

春梦随云散　飞花逐水流
——金陵十二钗的归宿

刘心武　著

山东画报出版社
济南

图书在版编目（CIP）数据

春梦随云散　飞花逐水流：金陵十二钗的归宿/刘心武著.--济南：山东画报出版社，2022.9
（刘心武说红楼）
ISBN 978-7-5474-4236-4

Ⅰ.①春… Ⅱ.①刘… Ⅲ.①《红楼梦》研究－人物研究 Ⅳ.①I207.411

中国版本图书馆CIP数据核字(2022)第135470号

CHUNMENG SUIYUN SAN　FEIHUA ZHUSHUI LIU
——JINLING SHIERCHAI DE GUISU

春梦随云散　飞花逐水流
——金陵十二钗的归宿

刘心武　著

特约策划　焦金木
责任编辑　怀志霄
装帧设计　王　芳

出 版 人　李文波
主管单位　山东出版传媒股份有限公司
出版发行　山东画报出版社
　　　　　社　　址　济南市市中区舜耕路517号　邮编 250003
　　　　　电　　话　总编室（0531）82098472
　　　　　　　　　　市场部（0531）82098479　82098476（传真）
　　　　　网　　址　http://www.hbcbs.com.cn
　　　　　电子信箱　hbcb@sdpress.com.cn
印　　刷　山东临沂新华印刷物流集团有限责任公司
规　　格　787毫米×1092毫米　1/32
　　　　　8.5印张　14幅图　120千字
版　　次　2022年9月第1版
印　　次　2022年9月第1次印刷
书　　号　ISBN 978-7-5474-4236-4
定　　价　52.00元

如有印装质量问题，请与出版社总编室联系更换。

警幻仙曲演红楼梦

王熙凤协理宁国府

林黛玉俏语谑娇音,俊袭人娇嗔箴宝玉,俏平儿软语庇贾琏

众姊妹进住大观园,西厢记妙词通戏语

滴翠亭宝钗戏彩蝶

埋香冢黛玉泣残红，花园中蒋游观鹤舞

林潇湘魁夺菊花诗，薛蘅芜讽和螃蟹咏

观景远望 如艳雪图

勇晴雯病补雀金裘

欺幼主刁奴蓄险心，敏探春兴利除宿弊

憨湘云醉眠芍药裀

痴丫头误拾绣春囊，懦小姐不问累金凤

凸碧堂品笛感凄清，凹晶馆联诗悲寂寞

美优伶斩情归水月

编选者言

《红楼梦》第五回,写到贾宝玉神游太虚幻境,在薄命司的宫殿里,翻看了金陵十二钗正册、副册、又副册,并看全了正册。这套"刘心武说红楼"系列的前三册里,已经分析过秦可卿、贾元春、妙玉这三钗的命运轨迹及结局,那么,正册中其余九钗的命运轨迹及结局又如何呢?副册中贾宝玉只看了关于香菱的一页,又副册只看了关于晴雯、袭人的两页,其余各钗又是谁呢?除了这三册,还有别的册子吗?据说全书最后有情榜,榜上怎么开列的?这些问题在本书中都有细致入微、层层剥笋的探究。

目 录

林黛玉的命运 / 001

薛宝钗的命运 / 016

贾探春的命运 / 039

史湘云的命运 / 050

贾迎春的命运 / 072

贾惜春的命运 / 084

王熙凤和巧姐的命运 / 091

李纨的命运 / 113

金陵十二钗副册 / 129

金陵十二钗又副册 / 156

情榜 / 186

红楼眼神

下死眼 / 217

镜内对视 / 222

杀鸡抹脖使眼色儿 / 227

乜斜着眼 / 231

贾政一举目 / 236

相对笑看 / 241

以目相送 / 245

林黛玉的命运

红学界曾普遍认为,在《红楼梦》完成之后,由于种种原因,除前八十回大体保存了下来,后面的内容全部遗失了。我们现在看到的后四十回,是在曹雪芹去世近三十年后,由程伟元操持,高鹗续写的。

高鹗对《红楼梦》第一女主角林黛玉的最终死亡做了如下安排:贾家不断败落,贾母为了给处于疯癫状态的贾宝玉冲喜,弃林黛玉于不顾,采用王熙凤的"调包计",安排贾宝玉与薛宝钗成婚。林黛玉眼睁睁看着自己心爱的人迎娶了薛宝钗,"焚稿断痴情",悲愤而死。

林黛玉的这一结局由于通行本的广泛流传而深入人心。"焚稿断痴情"堪称高鹗续书中最成功的部分。但是,我个人认为这并不符合曹雪芹的原笔原意。

宝玉和黛玉的身份有一个特殊设定。贾宝玉是天界赤瑕宫的神瑛侍者下凡,林黛玉是绛珠仙草下凡。林黛玉最爱哭,是因为她下凡的使命是还泪,要把她的眼泪还给曾在天上用甘露灌溉过她的神瑛侍者,也就是下凡到人间的贾宝玉。这是作者在第一回就跟读者交代的带有神话色彩的人物关系。但是他们两人并不知道自己是从天界下凡的,只有在做梦时,才可能隐隐约约地恢复在天界的感觉。总之,在人间,他们就和其他的俗人一样生活。

林黛玉每次和贾宝玉闹别扭都要流泪。根据第一回的设定,这都是在还灌溉之恩。第四十九回写到林黛玉的眼泪还得差不多了。这时,黛玉就说:"近来我只觉心酸,眼泪却像比旧年少了些似的,心里只管酸痛,眼泪却不多。"她意识到自己的眼泪少了，但并不知道自己是绛珠仙子，正在人间还泪。这说明林黛玉的还泪之旅是有终点的，她要还的泪的总量应该就是神瑛侍者在天上给她灌溉的量。贾宝玉也是仙人下凡，但他也不清楚自己的真实身份。听了黛玉这句话，就说："这是你哭惯了，心里疑的。岂有眼泪会少的？"

曹雪芹对贾宝玉和林黛玉前世今生的设定确实极为精妙，让两个人物跌宕起伏的悲剧故事充满了神秘色彩。林黛玉的最终结局，曹雪芹一定会精心设计。在前八十回中，黛玉葬花最能体现林黛玉的生活状态与精神气质，也给我们提供了一个深入分析曹雪芹创作意图的最好的艺术片段。

书里描写的林黛玉，有一个突出的特点——诗意生存。她的生活是诗化的生活，是充分艺术化的生活。黛玉葬花就是一次完整的行为艺术。

行为艺术是二十世纪五六十年代兴起于欧洲的现代艺术形态。但曹雪芹在二百多年前就在他的小说里描写了林黛玉的一场行为艺术。这绝不是夸张。

她有道具——花锄和花帚。因为葬花需要刨坑，所以她要有花锄。林黛玉是一个弱不禁风的人，会扛什么样的花锄？如果不是一把艺术化的花锄，而是一把市卖的花锄，甭说扛了，她举都举不起来。而她是把花锄扛在肩上的，这把花锄显然是特别制作的。锄杆是细竹的，在一端镶一个薄薄的金属片，再挂一个花囊。花囊显然也是精心缝制的。她的另一只手还要拿一把花帚，因为要把花瓣扫在一起。她的花帚肯定是非常精致的。帚杆是细竹做的，帚头可能是用一些禽鸟的羽毛扎成的。这两件道具都具有象征意味，是完全艺术化的。服装更不消说了。那天，她肯定精心设计了自己的服饰。

她的葬花是有路线的。在大观园里，她早已事先踏勘好了：她从自己的潇湘馆出来，沿着什么地方走，最后到达一个角落——花冢。她有路线，也有终点。在整个过程中，她吟唱自己事先准备好的葬花词。她的行为艺术是有声的行为艺术。

曹雪芹在那个时代能想象出这样的场景，塑造出这样的人物，让她有这样完整的艺术化行为，是很了不起的。

第二十七回，曹雪芹写林黛玉离开潇湘馆。那个时候的她，还在跟宝玉生气，但作为诗化的存在，她还是充满了诗人的气质，她的生活是完全艺术化的。她一边走，一边嘱咐紫鹃："把屋子收拾了，撂下一扇纱屉，看那大燕子回来，把帘子放了下来，拿狮子倚住，烧了香，就把炉罩上。"她是允许燕子来她的屋里做窝的，而且她知道大燕子出去觅食，一会儿要回来喂小燕子的，所以她特意嘱咐丫鬟，要"看那大燕子回来"，才"把帘子放下来"，而且要"拿狮子倚住"。"狮子"是一个工艺品，可能是玉石雕的或金属铸造的，用来压住帘子的底边，不至被风吹乱。她还要烧香。这当然不是寺庙里祈福烧的香，而是十分雅致的高级香料，须要点燃之后"把炉罩上"。她屋里显然是有一个香炉的，而且想来一定非常精致。

第三十五回，她让丫鬟把鹦鹉站的架子摘下来——她养鹦鹉，不是笼养，而是架养——另挂在月洞窗外的钩子上。她坐在屋内，隔着纱窗挑逗鹦鹉作戏，还教鹦鹉念诗。

这就是林黛玉的生活。贵族小姐的生活都是很享受的，但是，她已经不止于物质上的享受了，而是升华成了一种诗化的生活态度。这样的林黛玉泪尽要离开这个世界时，也一定会是诗意地消逝。

曹雪芹的《红楼梦》是写完了的，不是一百二十回，而是一百零八回。脂砚斋也说：全书到了三十八回，就已经三分之一有余了。他确实写完了，只是在传阅的过程中被人把八十回后的文稿遗失了。所以，我们可以做一些探佚工作，来探索后二十八回究竟是什么内容，比如黛玉之死是怎样的。

我个人认为，黛玉之死应该是在贾母死后。贾母只要活一天，就要为林黛玉护航一天。贾母从一开始就愿意让宝玉和黛玉婚配，不可能突然一百八十度大转弯，同意"调包计"。她更不可能不顾林黛玉的悲苦生死，如此绝情。这不符合曹雪芹在前面对贾母和林黛玉关系的描写。贾母去世之后，王夫人和薛姨妈促成"金玉姻缘"的最大障碍就没有了，形势也就很明朗了。

荣国府里还有另一个利益集团——赵姨娘、贾环。他们也下了毒手。他们很可能借助贾菖和贾菱配药，使林黛玉死于慢性中毒。很可能赵姨娘还向贾政告发了黛玉和宝玉之间所谓的不轨行为。这些都让林黛玉的处境非常糟糕。

赵姨娘此举不能说完全是造谣。第五十二回，她小步子进潇湘馆内室，腾就冲进去了，一下子看见贾宝玉正挨近林黛玉说话呢。当她向贾政告状的时候，甚至还以自己是亲眼所见而心安理得。

最重要的是，林黛玉到人间来是为了还泪的，在她的眼泪基本上已经哭干的时候，她也该回到天上了。在这种情况下，她会选择主动地结束自己的生命。根据我的研究，在曹雪芹笔下，八十回后林黛玉的死亡，应该是一次比葬花更优美的行为艺术——沉湖。

我并没有说黛玉自杀，我宁愿选择另外的词语。林黛玉的死是很诗意地安排自己向人间告别的过程。所以，与其说她是自杀，不如说她是仙去——她来自仙界，又复归仙界。

请注意，我这里说的是沉湖，而不是投湖。投湖的说法，我是坚决不赞成的。投湖是从高处跳入湖中，一声巨响，激起水花，毫无诗意。沉湖则是穿戴整齐，从浅水处慢慢走向湖心。

中国近代史上，就有人采取过这种艺术化的死亡方式以激励民众。辛亥革命前，有个烈士叫陈天华，被人说成是投海而死。实际上，陈天华没有投海，而是蹈海。他当初选择在日本蹈海，是有相关文献可以证明的。他还在蹈海前一天写下了《绝命书》，使自己的行为具有一定的艺术性和震撼力。

我再强调一次：林黛玉的死亡方式，不要概括成投湖，而是沉湖。

一定会有人问：关于林黛玉是沉湖而死的，你的依据究竟是什么？

我们还要从曹雪芹前八十回的文本中考察。曹雪芹总是在很多地方设下伏笔，很久之后才去呼应，所谓草蛇灰线，伏延千里。脂砚斋就说他"文笔细如牛毛"。

林黛玉选择沉湖,在前八十回是有很多伏笔的。我不按章回顺序说,而是以我心目中的重要程度来排序。

第七十六回,中秋之夜,林黛玉和史湘云凹晶馆联诗,最后联出了两句,史湘云那句是"寒塘渡鹤影",林黛玉那句是"冷月葬花魂"。不是"冷月葬诗魂"吗?"冷月葬诗魂"确实是很多通行本的写法。但是,我在考察了各种古本之后认为,曹雪芹的原笔应该是"花魂",而不是"诗魂"。"花魂"在《红楼梦》里不是一个陡然出现的词语,在这一回之前已经多次出现。第二十六回,写林黛玉哭,把宿鸟都惊飞了,于是曹雪芹写道:真是花魂默默无情绪,鸟梦痴痴何处惊。林黛玉的《葬花吟》里,一连几句使用了"花魂"这个词:"昨宵庭外悲歌发,知是花魂与鸟魂?花魂鸟魂总难留,鸟自无言花自羞。"可见,"花魂"是《红楼梦》里固有的概念。在第七十六回,它是林黛玉的象征。

"冷月葬花魂"是林黛玉沉湖的一个伏笔。在一个凄清的中秋之夜,湖面倒映着满月,湖波荡漾。此时，花魂默默地、一步一步地沉进去、埋葬在里面了。

第二十三回，林黛玉初进大观园，住进潇湘馆，和贾宝玉偷读了《西厢记》。在二人分手以后，她一个人慢慢地走回潇湘馆，听见远远地传来了学戏的小姑娘唱曲的声音。她们唱的《牡丹亭》，勾她想起了很多古人的诗句。曹雪芹下笔时反复地写这些句子——"如花美眷，似水流年""花落水流红""流水落花春去也"。它们构成了一个意象——美如花朵的青春少女最后会在水中结束她的生命。曹雪芹写她听曲，可以摘引的句子有很多，之所以让她听到的和想到的都是这样的内容，是因为这其实是一个伏笔。

第三十七回，大观园里成立了海棠社。既然当诗翁，就得想一个署名，林黛玉的署名就是"潇湘妃子"。传说舜有两个妃子，一个叫娥皇，一个叫女英。舜在外出巡查途中不幸死于苍梧，娥皇、女英悲痛万分，就去找他。她们的泪水洒到竹子上，竹子上就出现了斑痕，变成了斑竹，也称潇湘竹。

"潇湘妃子"的署名就来源于此。娥皇、女英最后也是"泪尽入水"。因此，潇湘妃子的署名，实际上也是在暗示林黛玉最后是沉湖而死。

后来，因林黛玉作了《桃花诗》，诗社又由海棠社更名为桃花社。再后来，史湘云偶然在春天拈了一片柳絮，就带头作柳絮词。林黛玉和薛宝钗所作的柳絮词鲜明地体现出了两个人不同的理念、不同的价值取向，以及不同的人生感受。林黛玉所作柳絮词的词牌是《唐多令》。这首词的第一句是"粉堕百花洲"。粉，也可以暗指女性，因此这一句可以解释为一名女性的生命结束在百花洲。百花洲是水域的名称。这一句也是一个伏笔。

第四十四回，凤姐过生日演戏，《荆钗记》里有一折叫《男祭》。这出戏的主人公叫王十朋。这折戏就是王十朋到江边祭奠一个人。

这一回写得十分巧妙。虽然凤姐过生日是一件很重要的事，但是贾宝玉却不通知家里的人，独自一人跑到外面去了。他穿了一身素白的衣服，骑着马，只让一个小厮焙茗跟着他。故事发展到这儿的时候，金钏跳井的事已经过去很久了。但是，曹雪芹通过这一笔表示贾宝玉对金钏始终不忘，知道是自己的行为不当造成了金钏的死亡。他去祭奠金钏了，因为这一天也是金钏的生日。贾宝玉之后又赶了回来，赶回来给凤姐过生日。别人对此都没有在意，唯有林黛玉看到王十朋在江边祭奠的时候说："这王十朋也不通的很，不管在那里祭一祭罢了，必定跑到江边子上来作什么？俗语说，'睹物思人'，天下的水总归一源，不拘那里的水舀一碗看着哭去，也就尽情了。"

曹雪芹的这一笔，是一石三鸟。

第一，所有人都猜不出贾宝玉去哪儿了，林黛玉最理解他，才能猜出他是去祭奠金钏了。她的意思是：虽然金钏是投井死的，但是天下的水终归一源，所以宝玉祭奠金钏，从大观园舀一碗水，再对着那碗水表达哀思就可以了，没必要跑出去。她知道，宝玉一定是跑到外面的某一处水边去了。宝玉确实跑到一个庵的水井边祭奠了金钏。这说明两人心心相印，林黛玉的话是说给贾宝玉听的。

第二，曹雪芹也借此点明了林黛玉的结局。林黛玉的话——一个人死于水中，另一个人来祭奠她——叫谶语，或偈语。"谶语""偈语"在《红楼梦》里多次出现，是对今后命运的暗示。这也说明林黛玉最后的死亡和水有关系。

第三，林黛玉死于水中后，贾宝玉须要祭奠她。八十回后很可能会有这样的情节：贾宝玉舀了一碗水（"天下的水总归一源"），借碗中水祭奠林黛玉。

还有一个更重要的伏笔——第十八回中元妃省亲时的四出戏。

第一出是《一捧雪》中的《豪宴》。脂砚斋指出：《一捧雪》"伏贾家之败"。贾府最后的败落，除了很多具体的原因，更纠缠在一件类似一捧雪的古玩上。

第二出是《长生殿》中的《乞巧》。脂砚斋指出：《乞巧》"伏元妃之死"。

第三出是《邯郸记》中的《仙缘》。脂砚斋指出：《仙缘》"伏甄宝玉送玉"。

第四出是《牡丹亭》中的《离魂》。脂砚斋指出：《离魂》"伏黛玉之死"。

第四出戏《离魂》是我们分析的关键，它在《牡丹亭》原始的剧本里叫《闹殇》。在戏词中，"人到中秋不自由"，和中秋节有关系；"奴命不中孤月照"，和冷月有关系；"残生今夜雨中休"，和夜有关系。"恨匆匆，萍踪浪影，风剪了玉芙蓉"的含义更丰富。芙蓉花有两种：一种是木本的，长在旱地；一种是水生的，就是荷花。"玉芙蓉"就是荷花，这是在影射林黛玉最后会沉湖，死于水中。

对林黛玉是芙蓉花这一点，曹雪芹在书中不仅暗示，还有明写。在"寿怡红群芳开夜宴"这一回，贾宝玉要过生日，抽花签时，林黛玉抽到了芙蓉花，上面写有"风露清愁"，还有一句"莫怨东风当自嗟"。怎么证明这里的芙蓉是水芙蓉呢？贾宝玉在晴雯被撵身死之后非常痛心，写了一篇《芙蓉女儿诔》，这里的芙蓉就是荷花。这在书里面有非常明确的描写：贾宝玉问小丫鬟，晴雯死的时候是怎么说的？小丫鬟当时不知怎么说好，就随口一编，说她上天当了花神了。宝玉就问，晴雯当总花神还是具体某种花的花神？当时荷花盛开，小丫鬟就说晴雯当了芙蓉花的花神。此处的芙蓉不是木芙蓉，而是水芙蓉，这是毫无争议的。

脂砚斋说："所点之戏剧伏四事，乃通部之大过节大关键。"黛玉之死，当然是小说里的一个大关键。

总之，林黛玉应是沉湖而亡。而且，她一定会像葬花时一样，精心设计她的服装、道具、路线。我们也可以想象她那首告别人世的诗。因为她是绛珠仙草下凡，她在人间的死亡实际上是复归天界。曹雪芹一定会把这一段写得非常优美，会让她跟普通人的死亡很不相同。黛玉既然选择了沉湖，就不会有尸体，只会留下她的腰带或者披纱。她是仙遁。这是书里面说得很清楚的——她本不是凡人，她是绛珠仙子。

薛宝钗的命运

薛宝钗的结局，和《红楼梦》中其他角色的结局一样，也可以通过探佚的方式明白个七八分。

我探讨这个问题的前提是否定程伟元、高鹗弄出的一百二十回的通行本。通行本的前八十回经过程、高的改篡后，已经有若干不符合甚至背离曹雪芹原笔原意的地方；后四十回则整个儿违背了曹雪芹的原笔原意。

关于一百二十回通行本的后四十回是不是由高鹗续写的，这在红学界一直有争论。这两年红学会的人士出来表态：续书者不是高鹗，而是无名氏。我不对此进行枝蔓性讨论。周汝昌先生坚持认为，后四十回绝不是曹雪芹的文笔，也不是根据曹雪芹的残稿补缀起来的东西。我认同周老的这一重要判断。

通行本里，薛宝钗的结局是：贾母支持王熙凤搞"调包计"，促成了"金玉姻缘"。贾家虽被抄家，但不久就沐皇恩、延世泽。宝钗在宝玉出家后生下了儿子贾桂。贾兰与贾桂先后中举，促成了贾氏的"兰桂齐芳"。我认为这些内容是违背曹雪芹的原笔原意的。我们应该，而且必须，对曹雪芹的原笔原意进行探佚。

什么叫探佚？佚是丢掉的东西。探佚是把丢掉的东西尽可能地找回来。曹雪芹对《红楼梦》不仅有一个完整的构思，还大体上完成了全书的书稿，只是还没来得及最后统稿就去世了。而曹雪芹写成的八十回后的文稿，很蹊跷地全部被"借阅者迷失"，至今未能浮出水面。

我们进行探佚，起码有三方面的资源可以利用：第一，古本《红楼梦》前八十回（严格来说，大概是七十六回或七十八回）的伏笔。

第二，为数不少的脂砚斋批语。批书的人不会想到，八十回后会"迷失无稿"，所以于兴之所至之时，在前八十回的批语里提到了一些八十回后的人物命运、情节发展和场景细节，甚至偶尔引用八十回后的回目和文句来发一些感慨。这些批语尽管没有系统地透露八十回后的内容，有时也过分简约，却是相当可靠的探佚线索。

第三，《红楼梦》文本、批语以外的一些文献。与曹雪芹生活时空有所重叠的人留下的诗文，尤其是探佚需要利用的珍贵资源。

乾隆时期，有一位满族人叫富察明义，也算是贵族血统。他一生职务不高，仅在上驷院（皇帝的御马苑）做给御马执鞭的小官。他喜欢读书，也喜欢作诗，留下了一部诗集叫《绿烟琐窗集》。这部诗集的手稿现存于国家图书馆，其中收录了二十首《题红楼梦》诗。这二十首诗虽然艺术水平不高，却是研究曹雪芹和《红楼梦》的宝贵资料。

这二十首《题红楼梦》诗的前面有一个小序，

开头就写:"曹子雪芹出所撰《红楼梦》一部,备记风月繁华之盛。"这句话可以让曹雪芹究竟是不是《红楼梦》作者的争议止息了。

明义大约生活在乾隆初年到乾隆中期。虽然比曹雪芹小一些,但他们的生活在时间上是有重叠的。而且他们都长期生活在北京。二十首《题红楼梦》诗写在曹雪芹去世几年之后,所以他的话是可信的。

"曹子雪芹",说明曹雪芹是一个男子,也表示明义对他非常尊重。"出所撰《红楼梦》一部","撰"表示《红楼梦》的著作权独属于曹雪芹,"出"指"拿出"。如果不是曹雪芹,就是跟曹雪芹很亲近的人拿出了书稿给明义看。"惜其书未传,世鲜知者","未传"指《红楼梦》还没有被广泛地抄写、印刷,只在很小的圈子里被人看到;"世鲜知者"就是一般人不知道有这部书。"余见其抄本焉",表示明义虽然看到的是抄本,但应该不是隔了好几道手、抄出来后拿去售卖的抄本,很可能是脂砚斋的抄阅加评本。

曹雪芹最好的朋友敦敏、敦诚兄弟,也是满族贵胄的后代，在乾隆时地位也不高，跟明仁、明义兄弟一样，在权贵圈子中属于较为边缘的存在。敦敏的《懋斋诗抄》里有一首诗的题目非常长：《芹圃曹君霑别来已一载余矣，偶过明君琳养石轩，隔院闻高谈声，疑是曹君，急就相访，惊喜意外，因呼酒话旧事，感成长句》。我不引他的诗，只提醒大家注意：曹雪芹和明琳交往很深。明琳是明义的堂兄弟。曹雪芹既然在明琳家高谈阔论到声播墙外的程度，很可能和明义也有直接交往。明义看到的《红楼梦》如非曹雪芹亲予，也该来自明琳的养石轩，其珍贵性也就不言而喻了。

虽然传世古本的书名多叫《石头记》，但是明义把他看到的书稿叫作《红楼梦》。通过细读明义的二十首《题红楼梦》诗，我推测他看到的应该是一个不止八十回的本子。

其中第十九首是这样写的：

> 莫问金姻与玉缘，聚如春梦散如烟。
> 石归山下无灵气，总使能言也枉然。

这说明他看到了全书的结尾。"莫问金姻与玉缘",说明"金玉姻缘"即便已经完成了,最后也是个悲剧,不堪回首。"聚如春梦",说明贾宝玉和薛宝钗后来虽然成了夫妻,但也不过是一场春梦。"散如烟",说明"金玉姻缘"最后像烟一样湮灭消散。"石归山下无灵气"则点明了全书的结尾。

《红楼梦》一开头就写一僧一道在天界看见了一块女娲补天的剩余石,由仙僧大施幻术,将其变成一块通灵宝玉,让贾宝玉衔在嘴里,带到了人间。第一回中,"不知又过了几世几劫"(故意用了一个模糊的时间概念),石头又出现在天界大荒山无稽崖青埂峰下。空空道人发现石头上写满了字,他将这些字抄录了下来,就是《石头记》。虽然石头上写满了字,但富察明义却叹道:"总使能言也枉然。"——这些事情虽然被历历记述了下来,但最后还是让人觉得很无奈。

还有第二十首:

馔玉炊金未几春,王孙瘦损骨嶙峋。
青娥红粉归何处?惭愧当年石季伦。

石崇，字季伦，西晋人。他最广为人知的事迹当属在洛阳修建了金谷园，最后在权力斗争中失败，被赵王司马伦杀了。他的爱妾绿珠听说他被杀，也跳楼自杀了。"绿珠坠楼"成为一个感恩报主的典故。

"馔玉炊金未几春"，"馔玉炊金"喻"风月繁华之盛"，也隐含"金玉姻缘"的意蕴。如果明义看到的只有前八十回"馔玉炊金"的情节，就不会有"未几春"的感叹。可见他看到了八十回后"三春去后诸芳尽，各自须寻各自门"的败象。"王孙瘦损骨嶙峋"，这样的情景前八十回里并未出现，虽然抄捡大观园已经使贾宝玉在精神上遭受重创，但他还没有"瘦损骨嶙峋"。第七十八回还特别有一笔写到宝玉的形象，是借丫鬟秋纹之口道出的："这裤子配着松花色袄儿、石青靴子，越显出这靛青的头、雪白的脸来了。"裤子是红色的，是晴雯的针线。晴雯那时已经夭亡。宝玉虽然痛不欲生，但外貌依然丰满秀丽。明义一定是看到了八十回以后的贾宝玉，沦落到"寒冬噎酸齑，雪夜围破毡"，被冻饿得皮包骨头，所以才用"骨嶙峋"来形容。"青娥红粉归何处"和第八回所说的"白骨累累忘姓氏，无非公子与红妆"是呼应的，是一个绝大的悲剧结局。

对"惭愧当年石季伦"这一句的理解在红学界是有争议的。我理解为：《红楼梦》的结局太悲惨了，比历史上石崇被杀、绿珠坠楼还要悲惨。石崇被杀，总归还有绿珠以死相拼，进行了一次抗议，表达了另外一种声音。但是，《红楼梦》里贾府"忽喇喇似大厦倾""家亡人散各奔腾"，连绿珠坠楼式的抗议也没出现，最后"落了片白茫茫大地真干净"。明义在写这句诗时，内心应该是非常悲凉的。

第六十四回，黛玉在"悲题五美吟"中所吟的第四个历史上的美人，就是绿珠。

曹雪芹在后二十八回里，写薛宝钗嫁给了贾宝玉。高鹗虽然也写薛宝钗嫁给了贾宝玉，但把这件事写成是在贾母和林黛玉都还活着的情况下发生的。他写贾母同意王熙凤设计的"调包计"，黛玉在绝望中"焚稿断痴情，魂归离恨天"。虽然那是高鹗续书中文笔最好的部分，但我还是要郑重指出：高鹗所写完全不符合曹雪芹的原笔原意。

实际上，对于宝玉的婚配问题，贾母的基本立场是"木石姻缘"，在蘅芜苑发生"雪洞事件"后，贾母更不可能改变一贯的主意，支持"金玉姻缘"了。

根据我的探佚，后二十八回会先写贾母去世。这就为薛宝钗嫁给贾宝玉排除了最大的障碍。贾母死后，黛玉没了靠山，她不仅一直被王夫人暗中嫌厌排斥，还一直被赵姨娘算计。最重要的是，黛玉这棵绛珠仙草为神瑛侍者的还泪之旅也已抵达终点，要在泪尽后沉湖仙遁了。黛玉的自动消失，也为家长包办"金玉姻缘"除去了一个麻烦。

贾母死了，贾政又不太管事儿，就放大了王夫人和薛姨妈的话语权；黛玉也去了之后，薛宝钗在心理上的情障也消除了。这都让"金玉姻缘"可谓水到渠成。因为在祖母的丧期，这桩婚事也不能办得太急。王夫人会择时向贾政进言，提出一些冠冕堂皇的理由，比如家势日衰，夜长梦多，早些给宝玉完婚，也可告慰老太太的在天之灵等。贾政点头，要求一切从俭，一桩包办婚姻就此告成。

脂砚斋在第二十一回明确地告诉我们，八十回后有一回的回目是"薛宝钗借词含讽谏　王熙凤知命强英雄"。前半回将写宝钗嫁给宝玉后，对宝玉讽谏。这个回目为程伟元、高鹗所不取。他们弄出的通行本也没有相关的情节。究竟他们是没见过脂评本还是故意视而不见呢？这值得我们探究。

关于薛宝钗劝贾宝玉读书上进，在前八十回里，曹雪芹有明写、暗写，也有侧写，但是没有什么正写。曾经有朋友问我：这怎么可能呢？宝玉和宝钗在人生观上的重大冲突非常重要啊，他怎么能不正写呢？曹雪芹不是不写，而是把正写搁在后二十八回里了。薛宝钗已经嫁给贾宝玉了，有了正妻身份，把自己和家族的一切希望都寄托在丈夫身上了，就要毫无顾忌地正面规劝贾宝玉了。

第二十一回，曹雪芹写了"贤袭人娇嗔箴宝玉"，还写了平儿。贾琏与多姑娘乱搞之后留下了一缕青丝，被平儿发现，之后幸有平儿加以掩护，才躲过了凤姐的盘查。这叫"俏平儿软语救贾琏"。针对这一回的回目，脂砚斋有一条批语说："前曰'娇嗔箴宝玉''软语救贾琏'，后曰'薛宝钗借词含讽谏''王熙凤知命强英雄'。今只从二婢说起，后则直指其主"。前八十回并没有"薛宝钗借词含讽谏　王熙凤知命强英雄"的回目，所以"后则直指其主"的"后"，是指八十回之后。脂砚斋赞叹曹雪芹全书布局之巧妙，认为结构安排前后照应，冲突递进，是大手笔。

虽然"薛宝钗借词含讽谏　王熙凤知命强英雄"这一回的文字遗失了，但是前半回的内容不难想象。宝玉应该在"谈旧"，正处于"得趣"的状态时，说了一句关于黛玉的话，被宝钗抓住了他的"走嘴"，就"借词"敲打他，而且采取了讽刺的口吻，是为了劝谏他"毋荒唐、走正路"。

第二十回有条批语："凡宝玉、宝钗正闲相遇时，非黛玉来即湘云来……若不如此，则宝玉久坐忘情，必被宝卿见弃，杜绝后文成其夫妇时无可谈旧之情，有何趣味哉？"宝玉婚后，"空对着，山中高士晶莹雪；终不忘，世外仙姝寂寞林"。他也尊重宝钗。二人除了人生价值取向方面无法对话，也还不是毫无共同语言。"谈旧"，应该是他们的一个话题。昔日在大观园内外，诗社雅集也好，长辈跟前的团聚也好，都是他们值得咀嚼回味的赏心乐事。

贾家已经风雨飘摇，凭借祖德享受皇恩的机会也丧失殆尽，唯一的出路，就是通过科举获取功名。宝钗为此一定焦虑不堪。为保障整个家族，也包括她本人的利益，她一定会跟宝玉发生正面冲突。虽然宝玉冥顽不化，但是她还要做最后的努力。可想而知，宝玉一概听不进去，并且会进行反抗。宝玉会反抗到什么程度呢？这也是可以探佚出来的。

第二十一回有一条脂砚斋批语说："宝玉有此世人莫忍为之毒，故后文方能有'悬崖撒手'一回，若他人得宝钗之妻、麝月之婢，岂能弃而为僧哉？玉一生偏僻处。"这透露了后二十八回的一些重要情节。

后来,贾家越来越败落。在那样的情况下,贾宝玉身边的丫鬟纷纷流散。袭人的命运更奇特。因忠顺王府来点名强索,袭人为了保全贾府,牺牲了自己,被忠顺王带走了,后经过一番曲折,成了忠顺王府的戏子蒋玉菡之妻。蒋玉菡、袭人后来在贾家越发拮据的情况下,又救济了贾宝玉和薛宝钗。袭人在临走时留下了一句话:"好歹留着麝月。"这也是脂砚斋批语透露的。最后,贾宝玉身边是一妻一婢。

书里对麝月有一段描写:别的丫鬟都出去玩了,只有麝月独自在屋里,宝玉就问她怎么不出去玩。麝月说满屋里上头是灯,地下是火,不能都去,得有人照看着啊。这时,宝玉就有了一个心理反应——"公然又是一个袭人"。袭人对宝玉的照顾是"小心伺候、色色精细"。其他那些丫鬟就很难说了。晴雯平常横针不拿、竖线不取,是一个很任性、懒惰的姑娘。她只在宝玉的雀金裘烧了一个洞后,才出于对贾宝玉的爱,带病挣扎着勇补雀金裘。其他一些丫鬟也都有这样那样的毛病,都不周到。唯独麝月，等于是袭人的替身。

袭人走的时候告诉宝玉，如果他只能留一个丫鬟，就留着麝月。在八十回后，他果然把麝月留了下来。在那一段情节里，贾府的政治地位摇摇欲坠，经济状况也濒于崩溃。但是，宝玉身边毕竟有宝钗这样的妻子，有麝月这样的侍妾。这要是一般的男人，应该很满足。可宝玉却"悬崖撒手"——就是离家出走去当和尚了。脂砚斋批语说：宝玉有所谓世人莫忍为之的一种"情极之毒"，行为实在太偏僻了。就是说宝玉的行为真是太罕见、性格真是太古怪了。

贾宝玉一共出过两次家。这在前八十回是有伏线的。第三十一回，林黛玉到贾宝玉那儿时，宝玉、袭人、晴雯正在斗嘴。袭人赌气说："死了倒也罢了。"黛玉顺口说："你死了……我先就哭死了。"宝玉跟着说："你死了，我作和尚去。"这个时候，黛玉就把两个指头一伸，抿嘴笑道："作了两个和尚了。我从今以后，都记着你作和尚的遭数儿。"这就是伏笔，说明后来宝玉两次出家。

第一次出家应该是在薛宝钗"借词含讽谏"之后。这个冲突太大了。宝玉向往的婚姻，是他和黛玉结为夫妻。他对黛玉的永恒之爱和对其他女性作为妻子的排拒，都达到了"毒"的地步。虽然宝钗有所谓"停机之德"，但宝玉除了叹息，还是排拒。

战国时有个人叫乐羊子，跟妻子情爱甚笃。他出外求学，因为想念妻子，就半途回家了。他进门时，妻子正在那儿织布，见他忽然回来，非常生气，认为他应该坚持读书上进，争取为官做宰，怎可半途而废。乐羊子妻当时就拿出刀，做出把布彻底划开的样子，表示要一刀两断。乐羊子当时很感动，赶紧接着外出读书，后来，果然当了官。薛宝钗就具有乐羊子妻的"停机之德"。可是，宝玉最厌恶的就是封建正统的东西，于是不可避免地跟她发生了冲突，离家出走了。他应该是往五台山那边走了。这是宝玉第一次"悬崖撒手"。在这之后，宝玉没多久就又回到了荣国府。

第十八回元妃省亲时点的四出戏，有一出是

《仙缘》。针对这出戏，脂砚斋有一条批语："伏甄宝玉送玉。"后来的研究者对这句话有不同的解释。有的认为甄宝玉发现了贾宝玉丢失的通灵宝玉，就给贾宝玉送回来了。这确实也是一种合理的猜测。

第七十五回，尤氏在荣国府帮着办事，说要到王夫人上房去。跟从的人让她别去，说甄家来了几个女人，不仅气色不成气色，还带了一些东西。尤氏说，贾珍看到邸报上说甄家被皇帝查抄的事已经公布了。甄家显然是派人到荣国府来寄顿财物的。所以我的看法是，甄家败落在前，甄宝玉也应该在贾宝玉之前就已经颠沛流离。宝玉在去往五台山出家的路上遇到了甄宝玉。甄宝玉告诉他，真正的大彻大悟不在离家出走，当一个形式上的和尚。"甄宝玉送玉"，送的"玉"是贾宝玉，是把宝玉又送回了荣国府。

前八十回里，甄宝玉只被提到过三次：第一次是第二回，贾雨村跟冷子兴在乡村酒店聊天时提到他；第二次是第五十六回提到他；第三次是贾宝玉梦境里出现过他。有人觉得甄宝玉是作者设置的贾宝玉的影子,并不是一个具体的艺术形象。但是脂砚斋看到了八十回后的内容,是清楚一切的,便在第二回告诉我们"甄家之宝玉乃上半部不写者"。可见,下半部是写甄宝玉的。甄、贾宝玉的人物设置固然有互为表里映像的用意,但甄宝玉始终只是一个"影子"的判定并不符合曹雪芹的构思。甄宝玉在八十回后肯定会正式登场。而他的核心情节,就是"送玉"。

贾宝玉只想要"木石姻缘",排拒"金玉姻缘"。但是,黛玉已然沉湖仙遁,宝钗已经成为他的妻子。有一个很重要的问题:宝玉和宝钗生孩子了吗?

高鹗的续书说,虽然宝玉出家不归,但宝钗在他失踪前已经怀孕,还生了一个儿子叫贾桂。贾桂长大后参加科举,像贾兰一样考中了。尽管贾兰、贾桂年龄差很多,但他们都是荣国府贾政的孙子,也让贾家荣国府这一支"兰桂齐芳"了。高鹗的写法显然是很荒唐的。

《红楼梦》的总体设计是非常有条理的。贾家的老一辈宁、荣国公之后是代字辈的贾代化、贾代善。他们生的儿子是文字辈。荣国府是贾赦、贾政，宁国府是贾敬和一个死去的贾敷；他们的女儿也按文字辈取名，如黛玉的母亲就叫贾敏。文字辈再生儿子是玉字辈。贾宝玉直接用了"玉"字，其他人都是一个玉字边（现在有人习惯把它说成王字边，因为那一点省略了，也说得通），如直系的是贾珍、贾琏、贾环、贾琮和死去的贾珠，旁系的是贾瑞、贾璜、贾琼等。再往下一辈就是草字辈，那就很多了。先是贾蓉和贾兰（"兰"的繁体字是"蘭"），再是贾蔷、贾菖、贾菱、贾萍……这一辈的人可以列出一大串。因此，按贾氏宗族立下的规矩，宝玉和宝钗生的儿子，也应该取一个草字头的名字。

虽然宝玉在出家后割断了俗缘，凡事不闻不问，但薛宝钗可是一个最遵守封建道德规范的人，怎么能无视族谱的规矩，给儿子取一个木字边的名字呢？高鹗为了附和寓意家族后代俱得富贵的"兰桂齐芳"，公然置曹雪芹设定并一以贯之的贾氏宗族的排行规则不顾。

其实,宝玉、宝钗由家长包办成婚后,究竟有没有正常的夫妻生活,这是更加值得探佚的问题。如果曹雪芹在后二十八回里写他们属于无性婚姻,那高鹗捏造出一个"遗腹子"贾桂,就更属无稽了。

富察明义的第十七首《题红楼梦》诗是这样写的:

锦衣公子茁兰芽,红粉佳人未破瓜。
少小不妨同室榻,梦魂多个帐儿纱。

对这首诗的解释历来争议很大。其中一种解释是:"兰芽"指青年男子身材、外貌美好。"茁兰芽"指形象美好的青年男子茁壮成长。"破瓜"指女孩子过了十六岁;"未破瓜"指还没到十六岁(这样解释的前提是"瓜"字由"十"和"六"两个字组成)。后两句的内容是第十九回,宝玉到黛玉屋里去时,两个人躺在卧榻上说话,"意绵绵静日玉生香"。当时黛玉还很小,应该连十二岁都不到,明义何必用"未破瓜"来形容她呢?她还是一个小姑娘,根本没有"开脸"(过去女子出嫁前要用细线绞去脸上的汗毛),又怎么能说是"红粉佳人"呢?"红粉佳人"应是新娘子的一种别称。

我认为,"锦衣公子茁兰芽"中,"兰芽"是男性生殖器的雅称,"茁兰芽"表示性器官已经成熟了,"锦衣公子"是贾宝玉。宝玉结婚了,他的性能力也不存在问题。可是,他和宝钗却没有正常的夫妻生活。"红粉佳人未破瓜"中,"红粉佳人"是当了新娘子的薛宝钗,"未破瓜"表示她还是个处女("破瓜"在过去有这样的含义)。"兰芽""破瓜"用在性事上是一种婉辞。后两句的意思应该也就清楚了。这对小夫妻达成了默契,虽然无性,却也无妨同床共枕。他们相敬如宾,但又难免同床异梦。他们以前也做梦,但是如今却被关在同一个帐子里,让梦魂也被帐子网住了。

我认为,富察明义在看了后二十八回后,用这首诗概括了两人婚后的状况:宝玉虽然娶了如此美貌的佳人,却没有那方面的欲望;宝钗虽然实现了自己的愿望,嫁给了自己所爱的男人,但只能忍受活寡般的处境。当然，我们也可以理解成，两人成婚时正值贾母的丧期，根据封建道德规范，他们虽然成婚，但是不能圆房。不管怎么说，既然没有夫妻生活，又哪来的孩子呢？

"梦魂多个帐儿纱"的意思还可能是：虽然跟宝钗睡在一个帐子里，但令宝玉魂牵梦萦的人还是潇湘馆里的林妹妹。他在梦中经常回到潇湘馆，多出一个有林妹妹合目安睡的"帐儿纱"来。

后二十八回里，宝玉不仅梦萦潇湘馆，也回到潇湘馆去缅怀黛玉。这也是可以找到根据的。第二十六回，曹雪芹通过宝玉的眼，用了八个字来形容潇湘馆："凤尾森森，龙吟细细。"脂砚斋在这里有一条批语："与后文'落叶萧萧，寒烟漠漠'一对。"前后各八个字构成一个对子，"可伤可叹"。"落叶萧萧，寒烟漠漠"应该就是在后二十八回里，贾宝玉再到荒废的潇湘馆时看到的惨状。那应该是一段凄楚的情节。

薛宝钗嫁给了贾宝玉，却没有正常的夫妻生活，而且宝玉心里还总怀念着黛玉。宝钗在许多方面都算是一个达观的人。没有夫妻生活,她今后可以过继一个儿子好好抚养;对于宝玉思念黛玉,她也表示理解。其实,她对黛玉何尝没有思念之情呢?她可以舍弃很多,但有一条万万不可舍弃。她要劝贾宝玉读书上进,让贾宝玉为家族、为她去通过科举谋求功名。但是,她"借词含讽谏",竟然让宝玉一跺脚,出家去了。虽然贾宝玉被甄宝玉劝解,送了回来,但两人越发貌合神离。薛宝钗最后应该是在绝望、抑郁中悲惨地死去。她死后,贾府也彻底崩溃。宝玉被逮入狱,又经过许多曲折的经历,终于第二次"悬崖撒手",真正在精神上达到了出世的顿悟。

对于薛宝钗的结局,我还是很难过的。我们不能苛责她一生忠于封建规范。第六十三回"寿怡红群芳开夜宴"中,薛宝钗抽到的是牡丹花,签语是"任是无情也动人"。她确实称得上是牡丹花,那么华美、富丽。她的无情,是被社会压抑成的。那个社会的主流意识形态要求,闺中女子只能去做针线活,不能读"邪书";还要听家长的指示,不能感情外露。她吞食冷香丸，拼命熄灭灵魂深处的爱欲热情。对她那牡丹之美，宝玉动过心；看到她面若银盘、眼如水杏，宝玉也动过心；看到她娇羞怯怯摆弄衣带，宝玉仍动过心；见到她雪白的酥臂，他更动过心。这样美艳的女子，努力地追求幸福，克服了很多障碍，终于嫁给了宝玉，完成了"金玉姻缘"，最后却什么都没得到——没有得到宝玉的心，更失去了宝玉的身。

在贾府大崩溃前，薛宝钗抑郁而亡。这在第五回的判词里是有明确交代的，金陵十二钗正册的第一页上明明白白地写着"金簪雪里埋"。为什么不写"金钗雪里埋"呢？簪跟钗都是过去的妇女用来固定头发的，单股的叫簪，双股称钗。曹雪芹是故意这样写的——"金簪雪里埋"。多悲惨啊！她一生都希望能够成就"金玉姻缘"，可是最后却是孤零零地死去的。钗还是两股，簪却只有一根。她应该是死在了一个大雪纷飞的日子，死时贾宝玉显然并不在身边。

这朵牡丹花就如此凄惨地告别了人世。

贾探春的命运

曹雪芹设计金陵十二钗册页时，把探春安排在第四位，这真是很高的规格待遇。

在我揭秘关于妙玉排序之谜后，有红迷朋友问我：你说曹雪芹有等级观念，既如此，秦可卿是皇家的骨血，比其他各钗等级都高，应该排第一位，即便不排第一，也不应排在最末位啊。我认为，曹雪芹在排名的时候，确实定下了主子身份入正册或副册的标准，也不考虑晴雯等令他激赏和怜惜的丫鬟进入正副册，是有等级观念在里头的。但是，这是一个粗线条的框框，而不只是从血统地位上来排序。

探春虽然是小姐，但她是庶出的。按封建社会的等级观念，庶出比嫡出的地位低。迎春算是嫡出的。长幼有序，也是那个时代必须遵循的一条等级原则。如果曹雪芹只认血统出身的等级，探春就绝对应该排在比她大的迎春之后。但是，曹雪芹不仅把她排在了迎春前头，还排在了史湘云和妙玉的前头。这就说明，在主子小姐媳妇的等级框架范围内，他的排序比较灵活，应该是一种综合性的评估。除了考虑世俗价值观所确定的地位，还要考虑角色本身的素质、在书里戏份的多少，还有他对这个角色的珍爱程度，以及如何达到大致的平衡等。

凡女子能进入正册，哪怕排在最后，都是曹雪芹心中珍爱、最不能割舍的角色。薛宝琴那样美丽、聪慧、几乎没有缺点的女性，都没被排进正册。我们或许应该懂得：排在正册后面，甚至排在最末一位，应该也是很不错的。秦可卿排在最后一位的最主要的因素，是她在第十三回就死掉了，是前八十回里唯一死掉，而且死得那么早的角色。

我从秦可卿入手,通过原型研究揭示隐藏在《红楼梦》显文本后面的潜文本,力求理解曹雪芹创作的苦衷与追求。秦学,本源自一句玩笑话,即便弄假成真,也只是当作一个符码,以突出我研究的独创性。所以,那些认为我只研究秦可卿,只对书中的清史背景感兴趣,只重视皇家血统等的误会,应该可以基本消除了。

古本的第十三回末尾有两句话:"金紫万千谁治国,裙钗一二可齐家。"这两句很重要,是针对王熙凤协理宁国府所说的,不应该被通行本删去。

秦可卿给王熙凤托梦,在一开头说:"你是个脂粉队里的英雄,连那些束带顶冠的男子也不能过你。"曹雪芹写金陵十二钗,绝不是只想写出一些不同的、沉溺于个人情感的女性;关于这些女子的故事,也绝不能简单地概括为爱情或婚姻悲剧。其中有一个很重要的动机:他要写这些女子的才能,而且绝不局限于文才、诗才、画才等方面;他刻意要塑造出具有管理才能的杰出女性,即赛过男人的脂粉英雄。

除了王熙凤，曹雪芹还花大力气写了探春。探春在理家时遇到的情况比秦可卿的丧事要复杂得多，面对各个利益集团、各种积蓄已久的矛盾冲突的一次次大爆发，探春克服了自己因是庶出而遇到的特殊困难，管理才干得到了充分发挥，也取得了相当好的效果。

探春最后的远嫁，不是嫁给了一般的男人去过一种平庸的生活，而是有其一番独特的作为。第五十五回，赵姨娘为兄弟赵国基死后的丧葬赏银一事来跟探春聒噪。探春急切地说："我但凡是个男人，可以出得去，我必早走了，立一番事业，那时自有我一番道理。"这是很重要的伏笔。八十回后，她果真就像男人那样"出去了"。她不是一般意义上的"出去"，而是一去难返的流放式的远嫁。这个美丽、睿智，且有管理才干的女性，会在极其困难的情况下，以释放自己的才能来抗衡内心的痛苦。

从关于探春的册页诗和《分骨肉》曲的"清明涕送江边望"和"一帆风雨路三千"等词句可知，

探春是在清明时节出嫁，这本是一个最不适合办喜事的日子；她嫁去的地方，需要乘船沿江而行，路途遥远。

册页上画的是两人放风筝，一片大海，一艘大船，船上一女子有掩面泣涕之状。既如此，出发的地方不是海边而是江边，驶出江后，还要漂洋过海。三千里的路程基本上都是水路。她还要经过一番起伏颠簸，需要很长时间才能到达目的地。曹雪芹对册页画面的设计都极为简洁，没什么废笔，但在探春的画上却设计了两个人放风筝。

曹雪芹在书里提到过一些外国。第十七、十八回中，贾政提到了女儿国。怡红院的西府海棠又叫"女儿棠"，是从女儿国传过来的。中国古代一直有关于女儿国的传说。女儿国全是女人，没男人。女子在入水洗浴时受孕，也能生出男孩，但男孩不到三岁一定会死掉。第二十八回还提到过茜香国。国王是女的，还给中国皇帝进贡，其中有种贡品很奇怪，是系内衣的汗巾子。第五十二回还写到有个真真国的女孩子，披着黄头发、打联垂，那脸面就和那西洋画上的美人一样，还能写中国诗。第六十三回提到福朗思牙，有专家认为是指法兰西，还有专家认为是西班牙。此外还提到过爪哇国、波斯国、暹罗等国家。曹雪芹惯用"草蛇灰线、伏延千里"的手法，探春远嫁的地方，应该就在其中埋下了伏笔。我觉得，最有可能的就是茜香国。

我还不清楚茜香国是以哪个国家为原型加以虚构的。茜香国跟出产"女儿棠"的女儿国应该是不一样的，虽然也有一个女国王，但不会是一个没有男人的国家。这个国家跟中国的关系可能很微妙，女国王居然把汗巾子（系内衣的带子）作为给中国皇帝的贡品。这说明，茜香国当时或许还没有中国这样比较高级的文明，还有些野蛮愚昧；或许与中国有些纠纷，才进贡这样具有挑衅性的贡品。总之，曹雪芹设计出这样的国家、这样的贡品，不会仅仅为了以这条汗巾子作为蒋玉菡和袭人后来结合的伏笔，可能还有一石数鸟的用意。

第六十三回"寿怡红群芳开夜宴"，探春抽到的是写着"瑶池仙品"的杏花签，写有"日边红杏倚云栽"的诗句，还写着"得此签者必得贵婿"。大家于是说："我们家已有了个王妃，难道你也是王妃不成？"这些情节传递的信息是很清楚的：探春的婚姻是"日"指配的；她嫁出去后的地位是王妃；她出嫁的时候是杏花盛开的清明时节。

如果茜香国和中国发生了纠纷，为了缓和矛盾，皇帝将公主或郡主远嫁给茜香国女国王的儿子为妻，这是完全可能的。但是，皇帝又哪舍得把真正的公主或郡主远嫁到那种地方呢？于是，就像历史上的王昭君一样，他会让其他女子冒充公主或郡主远嫁。贾家因荣国府藏匿江南甄家的逆产而被严厉追究，为了给家族争得一线生机，贾政献出了探春。

都成了王妃，那还能算薄命吗？探春的远嫁虽使她拥有了王妃的名分，但其实也是人质。纵使像探春的原型那样"才自精明志自高"，能在夫家发挥管理方面的才能，仍要哀叹"生于末世运偏消"。可见，远嫁并不是幸福快乐的事情，探春依然得算是红颜薄命。

第七十回末尾写宝玉和众女儿们放风筝。探春放了一只寓意吉祥的凤凰风筝。后来，旁边又飘来一只凤凰风筝，似乎让寓意更加吉祥了。不一会儿，旁边又来了个门扇那么大的喜字风筝，还发出钟鸣一般的声音，似乎更是锦上添花。可是，三个风筝最后竟是绞在一起，三下齐收乱顿后，线全断了，三个风筝全都飘飘摇摇地远去了。这也喻示，探春的远嫁虽然表面上是体面的，但实际上是双方互相妥协的产物。借用第五十三回贾珍说的歇后语："黄柏木作磬槌子——外头体面里头苦。"所以，册页里关于探春的那幅画上，两只风筝随时可能绞在一起，然后被齐收乱顿，最后线断无常。第二十三回，探春的灯谜诗有一句："游丝一断浑无力。"她远嫁后的命运，其实也是命若游丝。

第七十一回，南安太妃的出现值得我们注意。这位地位比贾母还高的贵妇，抱病来给贾母祝寿，而且提出要见贾府的小姐。贾母不糊涂，知道她这是"醉翁之意不在酒"，实际上是来挑媳妇的，于是吩咐凤姐把史湘云、薛宝钗、林黛玉和探春带出来，让南安太妃过目。史、薛、林都是外姓亲戚，更何况史湘云在那时候已经定亲了。这三位的婚事都不归贾府管。实际上，贾母就是把探春推荐给南安太妃。南安太妃看后很满意。对于贾母没有推荐迎春一事，邢夫人后来还有抱怨。八十回后，探春应该是先被南安太妃家接了去，准备与南安太妃的某个孙子婚配。这就是第七十回探春放的凤凰风筝和另一只凤凰风筝交汇象征的事情。但是，很快就有个门板大的喜字风筝，冲过来把两只凤凰风筝都裹挟走了。这象征皇帝要南安太妃家献出一个郡主，去茜香国"和番"。南安太妃家哪舍得把自己亲生的郡主献出去，就以探春这个准媳妇冒充郡主，献了出去。贾宝玉在薄命司的册页上看到，探春出嫁时，有两个人在岸边放风筝，这象征去告别送行的有两家人：一家是贾家，一家是南安太妃家。

高鹗续书倒是写了探春远嫁，但是嫁出去没多久就回家探亲来了。这是不符合曹雪芹的悲剧性构思的。她是断线风筝，有去无回。脂砚斋在她的灯谜诗后有条批语："使此人不远去,将来事败,诸子孙不至流散也。悲哉伤哉。"我们由此可知,探春的远嫁,不是在贾家遭遇灭顶之灾、彻底败落之后,而应该是在荣国府为甄家藏匿罪产的事情刚刚爆发,第一波打击初来的时候。就在探春远嫁后没多久,皇帝就把宁、荣二府参与"月派"谋反跟当年藏匿秦可卿的罪行一起清算了。那时候贾府已经没有什么回旋的余地了。但是,她的处世应变能力竟让脂砚斋认为,在那样一种近乎绝境的情况下,如果她还在,竟仍然可以做到使诸子孙不至离散。而且这条批语的口气让我们觉得,探春这个角色在现实生活里是有原型的,书里的故事也有事件原型。

第七十一回贾母八十大寿时,曹雪芹特别写道,有一位粤海将军邬家,送了一件重礼——一架玻璃围屏。在那个时代,玻璃是非常贵重的材料。贾母的丫鬟除琥珀、珍珠、翡翠之外,还有玻璃,都是用十分贵重的东西命名的。曹雪芹常在似乎无意间写到一个人物的名字或一件道具,似乎是可有可无的废话，但那其实都打着埋伏呢。这位送玻璃围屏的粤海邬将军，想必是负责海防的武官。八十回后，也许他就是负责安排探春远嫁事宜的人物之一。贾母特意叮嘱凤姐要好生收着那围屏，她要留着送人的。八十回后应该还会写到这架玻璃围屏，它应该在探春远嫁的过程中起到了一定的作用。

史湘云的命运

在第五回的金陵十二钗册页里,史湘云的那一页画了"几缕飞云,一湾逝水",判词是:"富贵又何为?襁褓之间父母违;展眼吊斜晖,湘江水逝楚云飞。"这和《乐中悲》曲是互相呼应的。画、判词,还有曲子,都对史湘云八十回后的命运发展表达得比较含混。尽管她定亲、成婚,"厮配得才貌仙郎",但最后却未能"博得个地久天长",只落得云飞水逝,处境悲惨。

《红楼梦》有一个很大的政治背景——康、雍、乾三朝的权力斗争。在小说中,曹雪芹曲折隐讳地写"月"派和"日"派之间的明争暗斗。卫若兰属于"月"派,和冯紫英等是一派。第二十六回写了冯紫英跟着他父亲冯唐到铁网山去打围,有"大不幸之中又大幸",实际上就是为了"举事""踩点"去了,险些被"日"派察觉,总算有惊无险。八十回后,"月"派进一步"聚义"。曹雪芹写的射圃的情节,是"月"派为正式军事行动进行的演习。后面应该还会写"月"派对"日"派的殊死冲击——即便不正面描写,也会通过概括叙述或人物对话做出交代。但是,"月"派失败了。卫若兰在战斗中阵亡。从"月"派的角度看,他是一位烈士,所以史湘云就成了烈士遗孀。

卫若兰在射圃时,佩带着他迎娶史湘云时贾宝玉送给他的金麒麟。他甚至在正式战斗时也带着它。他在战斗中受到重创,弥留之际,委托尚有希望生还的战友冯紫英、陈也俊、柳湘莲或其他人(最大可能是冯紫英),把那只金麒麟再转交给贾宝玉。他的意思是把史湘云托付给贾宝玉,让他照顾这个不幸的表妹。

卫若兰死了。从判词里"展眼吊斜晖"来看，史湘云很悲痛，不得不凭吊来得如此迅速的陨落。但是，她没有完全绝望，没有夫死妇殉。她足够坚强，还能继续在人生的道路上跋涉。因此，八十回后应该还有她更多的故事。

之后的故事里，金麒麟仍然是一个重要的道具。如果贾宝玉又重新得到了那只大的雄麒麟，他一定会去找史湘云。如果宝玉找到了她，就意味着大的雄麒麟会和小的雌麒麟再次聚首。所以，八十回后应该有贾宝玉和史湘云遇合的重要情节。

有人说，史湘云应该是很好找的。他们不但是亲戚，而且史湘云嫁到卫家后，应该一直和贾家保持联系。但是八十回后，四大家族以及相关的许多家庭都发生了巨变，"月"派彻底覆灭了。第七十五回写到甄家已经被皇帝调取进京治罪。甄家是贾家的影子。书里也明写了贾家违反王法，替甄家寄顿财物。所以，八十回后应该很快就会写到皇帝追究贾家。史家的保龄侯史鼐、忠靖侯史鼎也在劫难逃。曹雪芹在第四回写"护官符"

的时候已经明确告诉我们：贾、史、王、薛这四家是一损皆损的。

冯紫英可能侥幸逃脱，设法把卫若兰托付给他的金麒麟交到了贾宝玉手中，然后再隐姓埋名，去过流亡生活。贾家很快被皇帝抄检治罪，贾宝玉也被逮捕入狱。在这样的大变故中，卫若兰属于"逆党"，史湘云则是"逆属"。更何况，她两家叔叔都倒了台。这都使她可能被官府作为罚没的"逆产"拍卖掉。在现实生活中，雍正朝苏州织造李煦被治罪，其家属被押到北京崇文门拍卖（书里史家的原型正是李煦家）。一场令人肠断心摧的离乱，使得贾宝玉连对方的准确信息可能都得不到，怎么还能找得到史湘云呢？

虽然曹雪芹所写《红楼梦》八十回后的文稿丢失了，但是通过脂砚斋在前八十回的一些批语，我们仍可知道后面的若干具体情节。比如在贾宝玉入狱后，当年因枫叶茶事件被撵的丫鬟茜雪，还有在贾府覆灭前及时抽身离开并嫁给了贾芸的小红，一起去安慰、救助贾宝玉。贾宝玉毕竟年龄还小，而且没有找到他参与有关政治性活动的证据，又有人救助，于是在羁押一段时间后，可能就遣返原籍了。这是一种比较轻的发落。贾宝玉的原籍是金陵。随着故事的发展，舞台应该一度由北京转换到了金陵地区。

根据我的探佚，贾宝玉在回金陵原籍的过程中又遭遇了很多磨难。因为有人告发他新的"罪状"，忠顺王就去追索他。这时妙玉出场了。在贾宝玉最急难的时候，她违背了师傅圆寂时的遗言。师傅说她一生不宜还乡，而她的原籍也是金陵地区。可是，为了救助宝玉，妙玉风尘仆仆，毅然往金陵而去，寻找宝玉的踪迹。在瓜洲渡口，妙玉与忠顺王达成了协议，牺牲自己，救出了宝玉。其中应该还有一个复杂的情节：妙玉见忠顺王之前，又邂逅了史湘云。那时候，经过几次转卖，史湘云沦为了瓜州歌船上的乐女。妙玉赎出了史湘云，并把放过贾宝玉、史湘云作为跟忠顺王谈判的条件。因此，妙玉不仅为宝玉做出了牺牲，她更令贾宝玉、史湘云在离乱后得以遇合，在颠沛流离中相濡以沫。

第三十一回"因麒麟伏白首双星"的预言,最终落在了贾宝玉、史湘云两个人身上。黛玉沉湖,宝钗嫁给宝玉后抑郁而死,宝玉万万没想到自己最后竟会与史湘云结成了伴侣,史湘云更是始料未及。他们的遇合,得力于妙玉的成全。这是一对金麒麟埋伏下的一段姻缘。颠沛流离中的贾宝玉和史湘云,虽然年纪还不算大,却都有了白发。

我的探佚,除了对曹雪芹的前八十回进行文本细读,爬梳伏笔线索,也是依据古本中的脂砚斋批语,还参考了与曹雪芹生活时段相近的一些人的文献资料。其中最关键的是:八十回后,贾宝玉和史湘云是不是遇合了?

我对《红楼梦》十二支曲有一个独特的解释:《枉凝眉》这支曲,是以贾宝玉的口吻来喟叹史湘云和妙玉;《终身误》,是以贾宝玉的口气咏诵薛宝钗和林黛玉。对于这四个人为什么要用两支曲来咏叹,我还有一个独特的看法:在第五回太虚幻境中,四个仙姑报了名字。她们的名字,影射了贾宝玉一生中最重要的四个女子——林黛玉、薛宝钗、史湘云、妙玉。

《红楼梦》十二支曲的讨论是很繁难的，总是绕不过一个均衡性的问题。有人认为，《终身误》是以宝玉的口吻咏叹宝钗一人的，《枉凝眉》是用宝玉的口吻咏叹他和黛玉的关系。如果是这样，就不均衡了。实际上，《终身误》不仅说到宝钗，也说到了黛玉。金陵十二钗正册的第一幅画、第一首诗就是黛、钗合一的，所以《终身误》也是黛、钗合一的。如果是这样，再单给黛玉一个《枉凝眉》，就会有均衡性方面的问题。

关于《枉凝眉》的说法，我也遇到了一个均衡性的问题。我的解释虽然与太虚幻境中四仙姑的名字隐喻相合，但后面的曲子却单有关于史湘云的《乐中悲》和关于妙玉的《世难容》。这又是不均衡的。

在我看来，既然您可以认为《红楼梦》套曲里的黛、钗不必均衡，那么我也可以认为湘、妙在套曲里也不必与黛、钗均衡。在有了二人合一的《枉凝眉》后，因为她们的重要性，特别是在八十回后的重要性，曹雪芹可能就刻意要为她们再各写一曲。

我的思路目前还没有改变。《枉凝眉》曲里的一些句子应该是指史湘云，是以贾宝玉的口吻咏叹史湘云，以及史湘云和他的关系。

比如"一个是阆苑仙葩"。林黛玉在天界是绛珠仙草，与花有区别。这里的措辞却是"仙葩"。"葩"只有一个含义——花。怡红院里种了一株海棠，第十七回描写它的时候（虽然那时候，那处地方还没有命名为怡红院），曹雪芹特意用了"丝垂翠缕、葩吐丹砂"的字眼来形容，而史湘云的丫鬟恰恰就叫翠缕。在第六十三回"寿怡红群芳开夜宴"中，史湘云抽到的正是海棠花。曹雪芹以海棠花喻史湘云，已经深入读者之心。"阆苑仙葩"指的应该就是史湘云。

有人会说，"阆苑"是仙苑，"葩"又是"仙葩"，可史湘云并没有仙界的身份啊。其实，大观园的景象是堪比仙境的。第十八回元妃省亲时，众才女奉命作诗。迎春有句"谁信世间有此境"，李纨诗里也用"蓬莱""瑶台"形容大观园,林黛玉则明书"仙境别红尘"。可见,"阆苑"指的是人间的园林。卫若兰可以称"才貌仙郎",妙玉可赞其"才华馥比仙",曹雪芹当然也可以用"仙葩"形容史湘云这朵美丽的海棠花。

《枉凝眉》曲接下来有这样的句子:"若说没奇缘,今生偏又遇着他。"我认为这句话应在了贾宝玉和史湘云身上。贾宝玉在大观园嬉游的时候,和史湘云相处得非常好。兄妹之情,处处流溢。可是,那时的他们并没有产生爱情,两个人都没觉得他们之间会有一种奇异的缘分。可是,随着世事白云苍狗般变迁,他们居然在离乱后奇妙地遇合了。

再下面"一个枉自嗟呀""一个是水中月"。发出"嗟呀"的是贾宝玉。他嗟呀的对象"水中月"影射的是史湘云。第七十六回,史湘云和林黛玉凹晶馆联诗,后来两人都想不出妙句了。这时候,史湘云看见一个黑影,就捡起一个小石片向湖中扔去,只听石头打得水响,"一个大圆圈将月影荡散复聚者几次",把一只鹤惊飞了。她马上就吟出了"寒塘渡鹤影"的妙句。"一个大圆圈将月影荡散复聚者几次"的描写，预示着史湘云后来更加坎坷的命运，也暗示她和贾宝玉之间，如同月影被石片打破荡散复聚几次。

有人认为，这支曲的最后几句"想眼中有多少泪珠儿，怎禁得秋流到冬尽，春流到夏"，更能说明写的是林黛玉。林黛玉爱流泪嘛。我很尊重这个思路，也认为它有一定的道理。但是，贾宝玉也可以流泪。第二十八回，贾宝玉到冯紫英家里去喝酒聚会，其间轮流唱曲时，他就以自我咏叹的口吻唱了一支《红豆曲》，其中有一句"滴不尽相思血泪抛红豆"。宝玉也有一腔痛泪。所以说，流泪的不一定就是林黛玉，也可能指贾宝玉。贾宝玉想起与妙玉、史湘云的奇异邂逅与生离死别，也会有流不尽的泪水。

如果只用《枉凝眉》曲来证明八十回后会有宝、湘遇合的情节，难以服人。我们再看前八十回中其他的伏笔。

史湘云的诗才不让黛玉、宝钗、宝琴，往往还显得更敏捷、更灵动。她的诗中有一些句子,能让我们产生关于她后来命运的联想。第三十七回,史湘云后来居上,一口气写了两首诗。别人说:"我们四首,也算想绝了,再一首也不能了,你倒弄了两首。"她的《咏白海棠》诗有一句:"自是嫦娥偏爱冷,非关倩女亦离魂。""嫦"用了"女"字边,指寡妇。曹雪芹通过她的诗,再次向读者传递出一个信息:她婚后会守寡。第五回通过判词和她的曲子《乐中悲》,已经非常清楚地表明,史湘云以后会成为寡妇。《咏白海棠》也正是跟第五回呼应,透露出她会成为"嫦娥"。但诗里增添了新的信息:她成为寡妇后,没有丧失在严酷的环境里继续活下去的勇气——"自是嫦娥偏爱冷";她要继续活下去,"非关倩女亦离魂"。

倩女离魂是个有名的故事,最早被唐代的陈玄祐写成传奇《离魂记》,元代时又被郑德辉写成杂剧《迷青琐倩女离魂》,清代时经常演出。这是一个爱情故事。简单来说,一个叫倩娘的小姐与她表哥相爱,她父亲却把她许给了别的人家。她就病了,卧床不起。她表哥娶不到她,愤而远行。夜里,倩娘忽然出现,说是来追赶他的。他们就共同生活,后来一起回倩娘家。倩娘父母大吃一惊,说倩娘一直昏睡不醒,没离开过家。谁知昏睡的倩娘忽然起来了,迎向回家的倩娘,两个倩娘就合为一体了。原来,是倩娘的魂魄离开肉体,追赶她表哥去了。

曹雪芹通过史湘云的这句诗告诉我们:史湘云跟表哥贾宝玉,一开始并没有像倩娘和她表哥一样的爱情。但是,她后来的命运,相当于灵魂出了窍。在与贾宝玉历经离乱遇合后,她的肉体和魂魄才合为一体。这两句是对史湘云八十回后命运最明显的暗示。"玉烛滴干风里泪,晶帘隔破月中痕。幽情欲向嫦娥诉,无奈虚廊夜色昏。"这些句子,也含有"月"派失败后,贾宝玉、史湘云命运发生逆转的不祥预告。

第三十八回写菊花诗,史湘云写的《对菊》里有这样的诗句:"数去更无君傲世,看来惟有我知音。秋光荏苒休辜负,相对原宜惜寸阴。"这些好像是写历经苦难后与亲友遇合，相对苦守的情形。她又在《供菊》里写道："霜清纸帐来新梦，圃冷斜阳忆旧游。"在非常贫困、寒素的生活境遇中，她和另外一个人共度怀旧的岁月。这是曹雪芹写《红楼梦》常用的一种艺术手法。在那段故事的具体情境里，当时写诗的人并不知道那些都是"谶语"，似乎是无意识地、"为艺术而艺术"地写出了那些句子，但恰恰是这些诗句，暗示了人物此后的命运。

诗的意蕴总是比较朦胧，《红楼梦》里的诗又总是出自各个角色之口，一般都包含着两层以上的喻义，更加玄妙，我们当然可以从不同角度加以理解。所以，即便我这样分析，可能仍不能使人信服。但是，我还能找到另外的佐证。

曹雪芹在创作《红楼梦》的过程中还有一些社交活动，跟他交往的朋友留下了一些诗。比如，他有两个最好的朋友是兄弟，一个叫敦敏，一个叫敦诚。敦敏、敦诚流传至今的诗集，都收录了涉及曹雪芹的诗。敦敏的个人诗集《懋斋诗抄》有一首

《赠芹圃》。

曹雪芹的正名叫曹霑,字芹圃,雪芹是他的号,他还有芹溪居士、梦阮等别号。《赠芹圃》是赠给曹雪芹的一首诗,写了曹雪芹的生活状态,抒发了诗作者的感慨。诗里没有明显涉及《红楼梦》。后四句是:"燕市哭歌悲遇合,秦淮风月忆繁华。新愁旧恨知多少,一醉酕醄白眼斜。"

"燕市"就是北京,"秦淮"是金陵的代称,在过去是个比较宽泛的概念,包括扬州、南京、苏州等一大片地方。至少从宋代起,直到清代,秦淮河在南京一直是所谓的"狎邪之地",也就是妓馆密集的地方。两个人在燕市"遇合",其中一个应该是曹雪芹,因为这首诗就是写给他的。另一个人写得很含蓄,但我们仍可推测那应该是一个曾经沦落秦淮青楼的女子。

那个时代,男子去妓院或与妓女交往都是常见的事。《红楼梦》里就写到贾宝玉去冯紫英家赴宴,锦香院的妓女云儿也在座,而且还知道袭人。这句诗里写到的"秦淮风月",一点没有寻欢作乐的意思,而是散发出非常悲苦的味道。它传达的信息应该是:曹雪芹跟一位不幸沦落青楼的故旧女子遇合,两人回想起原来各自家族在金陵的繁华生活,不禁长歌当哭。

曹家三代四人担任江宁织造。金陵地区、秦淮河边是他们家族的发迹之地。康熙六次南巡有四次住在他们家。他们经历的繁华到了难以想象的地步。谁家的女子会在跟他遇合后产生强烈共鸣呢?应该是多年来担任苏州织造的李煦家的女子。李煦和曹寅一起在金陵接待南巡的康熙。第十六回,赵嬷嬷说"只预备接驾一次,把银子都花的淌海水似的","别讲银子成了土泥,凭是世上所有的,没有不是堆山塞海的,'罪过可惜'四个字竟顾不得了"。这就是当年曹、李两家接驾的真实写照。

李煦的妹妹嫁给曹寅为妻,就是曹雪芹的祖母。曹雪芹在家败离乱后遇合的同辈女子,很可能是李家的一位小姐,也是他的一个表妹。

类似内容的诗,敦敏写了不止一首。他另外一首诗的题目很长:《芹圃曹君霑别来已一载余矣,偶过明君琳养石轩,隔院闻高谈声,疑是曹君,急就相访,惊喜意外,因呼酒话旧事,感成长句》。从诗题我们可以知道,曹雪芹在写作、修订《红楼梦》的过程中,曾经南下一年。这首诗里又有两句"秦淮旧梦人犹在,燕市悲歌酒易醺",可以跟前面引用的几句比照着理解。虽然这些句子都表达了同样的意思,但这两句还强调了"人犹在"。

  我推敲的结果是:曹雪芹跟能一起重温"秦淮旧梦"的那个人,并不是在他下江南时才遇合的。他们早就遇合了,是在燕市遇合的。那位女子可能从秦淮沦落之地辗转来到北京,后遇到曹雪芹,如同倩娘魂魄归原身,开始与曹雪芹共同生活。据周汝昌先生考证,曹雪芹离京到金陵一年,是给两江总督尹继善做幕宾。实际上,他是为了完成与修订《红楼梦》,体验生活并补充素材去了。他回来后,敦敏与他闻声相聚,兴奋异常,写成此诗。句中的"人犹在",说明与曹雪芹遇合的女子在曹雪芹离京后一直坚守。曹雪芹回京后必然会继续"悲歌"("悲歌"可以理解成写作《红楼梦》)。曹雪芹的另一位朋友张宜泉，在曹雪芹病逝后写下的伤悼他的诗中也有"白雪歌残梦正长"的句子。

我们可以得出一个结论：在《红楼梦》八十回后的内容里，贾宝玉和史湘云遇合的情节是有真实的生活依据的。曹雪芹以现实生活为素材，但在表现八十回后史湘云的命运时，较之前八十回基本排除虚构的写法有所变化，显然增加了"真事隐""假语存"的力度。

那么，怎么见得八十回后必有贾宝玉和史湘云相遇并共同生活的情节呢？

《红楼梦》成书、流传的时间是很长的，从甲戌本出现的1754年算起，也已经有二百六十多年了。最初，它是以手抄本的形式流传的。现在我们所能看到的古本，只是当年流传的手抄本中的沧海一粟。大量的手抄本都在社会动荡中湮灭了。但是，从乾隆朝中期一直到民国初期，一些人在他们的著作里记载了他们看到的古抄本的情况。

咸丰年间，有一个叫赵之谦的人写了一本叫《章安杂说》的书，里面记载了他所知道的《石头记》八十回后的情节,其中有一句话:"宝玉作看街兵,史湘云再醮与宝玉。""再醮"就是寡妇再嫁。这是很重要的线索。

乾隆年间有个大文人叫纪昀,就是纪晓岚,写过一部《阅微草堂笔记》。后来,有人用甫塘逸士的署名写了一部《续阅微草堂笔记》。作者说,他认识一个叫戴诚夫的人,看过《石头记》的"旧时真本",八十回后的内容"皆不与今同"。在"旧时真本"里,"宁、荣籍没后"("籍没"就是被皇帝抄家),"皆极萧条,宝钗亦早卒,宝玉无以作家,至沦于击柝之流"("击柝"就是打更。打更有各种方式。击柝是打更的人拿木槌敲击一个盒形的木头,发出"梆梆"的响声),"史湘云则为乞丐,后乃与宝玉仍成夫妇"。这条记载最后还有一个结论:《红楼梦》有一回的回目叫"因麒麟伏白首双星",到头来应在了贾宝玉和史湘云的身上。这位记述者还说:当时,吴润生中丞家还有一个抄本,他打算抽时间拜访,借来一睹为快。

这样的记述虽然宝贵,但毕竟过于简略,我们读了仍然会有疑问,特别是"白首"怎么理解?如果贾宝玉跟史湘云白头偕老,那这到头来应该是个喜剧。《红楼梦》是一个彻底的大悲剧。曹雪芹通过第五回,非常明确地告诉我们大结局是"好一似食尽鸟投林,落了片白茫茫大地真干净"。这是前八十回里一再暗示的,也是脂砚斋在批语里一再提及的。可见"白首"应该不是"白头偕老",而是他们经历了太多的惊恐磨难,白了少年头。

关于"旧时真本"的记载还有很多。同治时期,有一个叫濮青士的人在京师看到过《痴人说梦》一书。他转引《痴人说梦》的记载:有一个古本里面写了"宝玉实娶湘云,晚年极贫","拾煤球为活"。拾煤球,就是拾煤核。北京人过去冬天取暖是用煤炉子烧煤球的。煤球烧完后就变成了灰白色,但是有的煤球没烧透,煤核里有点黑,可以捡出来自己用来取暖,也可以加工后卖给别人。据他说,贾宝玉和史湘云最后就是靠拾煤核过日子。"旧时真本"还写到"宝、湘其后流落饥寒,至栖于街卒木棚中"。街卒,就是看街兵。北京前门外大栅栏,老北京人叫"大市烂儿",在乾隆年间是一条商业街。街上的商家凑钱购置了一批活动栅栏,白天挪开,入夜后用来封街。管理栅栏和夜里巡逻的就是街卒。街卒往往也兼更夫,所以使用街卒的街道不止一条。濮青士说:在《石头记》八十回后,贾宝玉、史湘云遇合后贫无所居,贾宝玉当了街卒。到了晚上,两个人就在街卒歇脚的木棚里栖息。

清末民初,陈弢庵说他看过"旧时真本",还说前面那些人只是转述别人的见闻。我估计他真的看过"旧时真本",因为当时红学并非显学,吹嘘看到过真正的古本并不能给他带来任何好处。私底下的讨论可能很热闹,但这在当时是上不了台面的,当时的主流文化还是排斥《红楼梦》的,视其为旁门左道。所以,这件事应该是真的。

他得到并仔细阅读了这个本子。他说,八十回后的内容是:薛宝钗嫁给贾宝玉后不久就病死了;史湘云出嫁后不久也守寡了。后来,两人遇合并结缡,也就是结婚了。贾宝玉落魄为看街人,住在堆子中。清代的北京,在城边上,或者在一些胡同边上，有一些破烂的半截墙围成的肮脏空间。这些地方连屋顶都没有，跟废墟差不多，就叫堆子，是最没有办法的穷人过夜的地方。这和贾宝玉落难后住在街卒木棚中大同小异。

陈弢庵提供的"旧时真本"的内容有更具体、更独家的部分：有一天，北静王从街头经过（北静王跟皇帝的关系一直比较和谐，是一个能够在权力博弈中取得平衡的人物。"四大家族"覆灭后，他并没有被皇帝整治），前面有仆从喝道。那时候的规矩，街卒听见喝道，在贵人来到之前，必须从木棚出来垂手侍立。当时，见街卒没有出来，仆役大怒，冲到里面把人薅了出来，并且立即就要痛加挞伐。这时，街卒高声喊冤。北静王觉得这声音很熟悉，于是让仆役先不要打人，把喊冤的人带过来，亲自讯问。就这样，贾宝玉被带到了北静王面前。一开始，北静王并没认出他，但是那声音实在耳熟。再细看、细想才发现，原来是贾宝玉啊！第十四、十五回写贾宝玉路谒北静王，当时北静王对他多赞赏啊！没想到他们竟在这种情况下再次见面了。北静王把贾宝玉带回王府，让他痛说前因后果。可惜陈弢庵没有说出更多的内容。不过，这些内容已经足以调动起我们寻找、阅读迷失的古本的热情。

这些有关"旧时真本"的记载不可尽信。不同朝代的人，在不同的书里的记载各有不同。当然，也有很多相同的地方，比如贾宝玉和史湘云后来遇合并结为夫妻了。虽然有些"旧时真本"的情节是生发出来的，甚至是空想出来的，但其中合理的内核应该是可以承认的。

曹雪芹怎样保持整部小说的大悲剧结局呢？史湘云悲惨地死去，贾宝玉"悬崖撒手"，彻底对人间失望，回归天界？这些都不符合现实生活中曹雪芹和他李氏表妹的真实情况。虽然前八十回里，史湘云应该是和生活原型距离最近、虚构成分最少的角色，但曹雪芹为了保持全书的大悲剧结局，可能不得不在八十回后让史湘云也死掉。实际上，这会在他的创作心理上形成一些障碍，这也是曹雪芹没有在史湘云出场前后以一段叙述性的文字概括她的来龙去脉的原因。

贾迎春的命运

对贾迎春,我个人比较在意的是,第二回"冷子兴演说荣国府"涉及她的时候,为什么不同版本的文字出入会那么大。

在通行本里,冷子兴在交代迎春时说:二小姐乃是赦老爹姨娘所出。那她的出身就跟探春是一样的。但是她虽然懦弱,却没有因为是庶出而遭到歧视;她自己也没有因此有丝毫心理阴影。曹雪芹不会设计两个同是庶出小姐的角色。为了弄清楚曹雪芹的原笔原意,我细查了几种主要的古本:

甲戌本是:二小姐乃赦老爹前妻所出。

俄罗斯圣彼得堡藏本是：二小姐乃赦老爹之妻所生。

庚辰本是：二小姐乃政老爹前妻所出。

己卯本是：二小姐乃赦老爹之女，政老爷养为己女。

戚蓼生序本是：二小姐乃赦老爹之妾所出。

妾和姨娘是一回事，所以，除了戚蓼生序本与通行本的意思一样，其他四个古抄本，竟使迎春的身份有了四种不同的说法。现在，她总共有五种身份了。

俄罗斯圣彼得堡藏本的写法是我所不取的。如果按照这个表述，邢夫人就是迎春的生母。但在第七十三回，邢夫人到迎春住的地方数落她时说："况且你又不是我养的……倒是我一生无儿无女的，一生干净。"（俄罗斯圣彼得堡藏本也是这么写的）这样一来就前后矛盾了。因此，迎春"乃赦老爹之妻所生"的说法，显然有误。

庚辰本说她是贾政前妻生的。这不但跟第七十三回的情节有很大的矛盾，而且还派生出了新的问题——王夫人不是原配,而是续弦。这也跟书里的大量描写严重错位了。

己卯本的说法最耐人寻味——贾赦把迎春送给贾政养了。

这些文字不可能都是抄书中的笔误。关于迎春出身的写法,字数和用词都差别甚大,不可能因为形似音近而讹传。那么这种版本现象应该如何解释呢?

我个人认同甲戌本的写法——迎春是贾赦前妻生的。这样定位以后,八十回里所有关于迎春的情节,包括第五十五回凤姐和平儿在谈论府里的婚嫁之事时说"二姑娘是大老爷那边的,也不算"等句子,就完全没有矛盾了。

但是,现存的甲戌本是残缺的,没有第七十三回。而第七十三回里,邢夫人对迎春说的话,在现存的古本里是有差异的,大体是把迎春生母的情况更加复杂化了。以庚辰本为例,邢夫人数落迎春时,出现了多层意思:

第一层,她在责备了琏、凤二人"竟通共这一个妹子,全不在意"后,说:"但凡是我身上掉下来的,又有一话说,只好凭他们罢了,况且你又不是我养的。"这话很明确地表明,迎春是别人所生。

第二层,她紧接着以贾琏为本位说:"你虽然不是同他一娘所生,到底是同出一父。"这似乎表明她在迎春出生时,还没有来到贾家。

第三层,"你是大老爷跟前人养的,这里探丫头也是二老爷跟前人养的,出身一样。"这跟甲戌本在第三回交代的迎春"乃赦老爹前妻所出"相冲突。但庚辰本自己前后矛盾更大,因为这个本子在第三回说迎春"乃政老爹前妻所出"。

第四层,"如今你娘死了,从前看来你两个的娘,只有你娘比如今赵姨娘强十倍的,你该比探丫头强才是,怎么反不及他一半!谁知竟不然,这可不是异事!"这层意思是最耐人琢磨的。邢夫人对迎春生母和探春生母的对比,比的应该不是个人品格,而是家族地位。迎春的生母为什么会比赵姨娘"强十倍"?

把四层意思捋过一遍后,我觉得,应该是这种情况:

贾赦的正妻在生下贾琏后死去。在邢夫人嫁过来之前,"跟前人"——贾赦纳的一个妾,生下了迎春。后来,这个妾被扶正了,但不久也死了。在这之后,贾赦才又迎娶了邢夫人填房。所以,邢夫人认为"跟前人""比赵姨娘强十倍",并判定迎春应该比探春的腰杆硬,否则就成了"异事"。而邢夫人又一直没有生育,才会说"倒是我无儿无女的,一生干净"。

以这个思路想来,我就理解了为什么曹雪芹在第三回交代迎春的出身时,思前想后地换了这么多的说法。迎春这个角色是有原型的。这个原型确实是妾所生。曹雪芹写"妾出"是没错的。这个妾在生下迎春的原型后被扶正了,但又死了,也就可以称其为"前妻"。虽然迎春的原型出身跟探春的原型类似,但她的生母既然曾被扶正,自然比妾"强十倍"。于是她虽然懦弱,却也不会因是庶出而自卑。

我认为,《红楼梦》是一部带有自叙性、自传性、家族史特点的小说。有红迷朋友问我:"这三项似乎概念重叠,能说说它们之间的区别吗?"

自叙性,是从小说叙事学的角度分析。《红楼梦》虽然总体上采用第三人称的叙述方式,但又具有第一人称的味道。这在第一回尤其明显。曹雪芹设定一块女娲补天剩余石,让它化为通灵宝玉,随神瑛侍者一起下凡,经历一番人间的暖冷浮沉,这是可以随时以第一人称说话的见证者。这个文本策略非常高明。第十五回在写馒头庵里的故事时,有这样的句子:"宝玉不知与秦钟算何帐目,未见真切,未曾记得,此系疑案,不敢纂创。"这是把第三人称叙述和第一人称叙述糅合在一起了,极具特色。不是任何一部以第三人称写成的具有自传性的作品都有这样的叙述策略。这是很难得的,值得特别强调一下。

自传性和家族史在概念上也有区别。有的自传只在涉及传主的经历时顺便写到家族。对于《红楼梦》而言,如果曹雪芹以自己为原型写贾宝玉,这个角色的戏份非常大。但是,并非每回每段都写他的事情。有些情节、有些人与事,和他已经没有直接的关系,却是他所属的大家族不能不说的。于是,他便对其展开描写,比如贾珍负暄收租、尤二姐和尤三姐的故事等。

我之所以说《红楼梦》里的人物差不多都是有原型的,就是基于这三个特点。小说里有的艺术形象,比如警幻仙姑、一僧一道、空空道人是否也有原型?我的看法是,我们不能把话说死,这些角色很可能是纯粹虚构的。但是也有红学家考证出:跛足道人暗指八仙里的铁拐李,因此和贾母原型所在的李家有关系。这依然值得深究。

迎春是有原型的。她的原型是曹雪芹一位伯父家的堂姐。当生活真实跟艺术虚构的总框架之间发生难以协调的矛盾时,曹雪芹往往牺牲虚构的合理性,而忠于生活的原生态。贾赦一角的写法就是如此。再比如故事发生的朝代背景,则是故意模糊,甚至不惜略有错乱。这不仅是一种艺术处理,也是一种非艺术性的避惹文字狱的做法。秦可卿的原型应该是在乾隆登基之后,遭贾元春的原型告密,不得不死。但乾隆大施洪恩,让此事在内部解决,并对外遮掩。贾元春的原型因为举罪不避亲，在精神、行为等方面都堪嘉奖，因此在宫中的地位得到了提升。小说里夸张为才选凤藻宫，加封贤德妃。这内在的逻辑虽然存在，但是曹雪芹先用第十三回到第十五回写秦可卿之死，到第十六回才暗写新皇登基和贾元春晋升。如果按照现实生活中事件原型发生的顺序来写，应该把第十六回劈成两半，把第十三回到第十五回的内容分别嵌入才对。但曹雪芹的创作环境危机四伏，除了艺术性的考虑，他还有非艺术性的考虑。于是，我们今天研究《红楼梦》的文本，就不得不既有纯文本的研究，又得有关于他的创作环境的研究，即康、雍、乾三朝的政治局面。这是《红楼梦》的特殊性所在，也是红学的特殊性所在。

具体到迎春身份的确定上，可能比较单纯，与政治应该没有牵扯。己卯本说她是"赦老爹之女，由政老爷养为己女"，这应该是生活真实的记录。

迎春的原型自小被曹𫖯从哥哥家里接到自己家养大。当时，曹𫖯的哥哥原配亡故，一时尚未续弦，有个女儿难以照顾，于是曹頫就把哥哥的这个女儿接到了自己家。曹頫后来生下曹雪芹之后，又生了个女儿。哥哥也续娶了。虽然迎春的原型还留在身边，但曹頫也算是把她归还他哥哥了。

最初，曹雪芹写这个姐姐时，打算把这些情况都如实地写出来。己卯本的那个说法就是留下的痕迹。后来，他可能考虑到这样处理不但写作意义不大，而且还会搅乱对元春这个角色的定位设计。于是，他改来改去，最后还是写她是贾赦前妻所生。这既符合生活的真实，也满足小说的故事需求。

关于迎春的命运，曹雪芹总强调她不能自主、放弃自主，任偶然因素左右自己，无可奈何。第二十二回里，迎春写的灯谜诗是：

天运人功理不穷，有功无运也难逢。
因何镇日纷纷乱？只为阴阳数不同。

这首诗的谜底是算盘。但是，诗里所表达的并不是迎春精于计算或有条有理，而是暗指她的命运像算盘一般任人拨弄。迎春全是被别人算计，自己绝不想算计别人，只求能过点清静日子。而她最后的结局竟是最残酷的，被"中山狼"蹂躏、吞噬。贾政虽然猜出了谜底，但暗自思忖："娘娘所作爆竹，此乃一响而散之物；迎春所作算盘，是打动乱如麻；探春所作风筝，乃飘飘浮荡之物；惜春所作海灯，一发清净孤独。今乃上元佳节，如何皆作此不祥之物为戏耶？"

第三十七回，探春发起海棠诗社，迎春担任副社长，负责限韵。这时，她说了一句话，非常重要："依我说，也不必随一人出题限韵，竟是拈阄公道。"后来她果然采取了拈阄的方式，走到书架前，抽出一本诗，随手一揭，翻到一首七言律，因此让大家都要写七律。她掩了书，向一个小丫鬟道："你随口说一个字来。"丫鬟正倚门立着，就说了"门"字。迎春就宣布：大家的七律都必须用门字韵、十三元。她跟着又要了韵牌匣子，抽出了十三元的小抽屉，让小丫鬟随手拿四块。小丫鬟拿出了"盆""魂""痕""昏"。于是，迎春规定大家写诗都得用这四个字押韵。

这段文字表面上是写大观园女儿们结社写诗的具体过程,实际上曹雪芹是在刻画迎春的性格。像迎春这样的懦小姐,属于同一社会阶层里的弱势存在。她唯一的向往,只能是在抓阄的过程中抓到个好阄。她把自己的命运交给了偶然。这很危险,也很无奈。除了算盘诗谜,在前八十回里,迎春还有一首诗。那是她在元妃省亲时不得不写的一首"颂圣诗"。她写的那首叫《旷性怡情》:

园成景备特精奇,奉命羞题额旷怡。
谁信世间有此境,游来宁不畅神思。

她的生活理想非常单纯,只希望能在安静中舒畅一下自己的神思,别无所求。她绝不犯人,只求人莫犯她。人们只要稍微待她好一点,就能够让她心旷神怡。连这样低的一个要求,命运的大算盘最终也还是没有赐予她。

想到迎春,我总忘不了第三十八回的那句话:

"迎春又独在花阴下拿着花针穿茉莉花。"历来的《红楼梦》仕女画,似乎都没有迎春的这个行为。如今,画家们画迎春时,多是画一只恶狼扑向她。但是,曹雪芹很认真地写了那一句。这该是怎样一个娇弱的生命,在那个时空的那个瞬间,显现出了她全部的尊严。

迎春在《红楼梦》里绝不是一个大龙套。曹雪芹通过她的悲剧重重地叩击我们的心扉,让我们深思:该怎样一点一滴地,从尊重弱势生命做起,使人们的生活更合理、更具有诗意。

贾惜春的命运

　　惜春是宁国府贾珍的胞妹。他们的父亲贾敬在故事一开始的时候,就已经住到城外道观,基本不再回家了。即使家里人给他过生日,他也坚决不回城,只在除夕祭宗祠的时候短暂地回来一下。

　　惜春大概是贾敬的原配所生,应该与贾珍是亲兄妹。贾母爱女孩,把惜春也接到荣国府,放在眼皮下来养。现实生活中,曹寅的夫人李氏应该就是这么做的。惜春身量未足、形容尚小,到八十回结束时,应该还很年轻。但是,在第七十四回为她立正传"矢孤介杜绝宁国府"时,我们却发现她思想早熟、出语犀利，看破一切、义无反顾。

惜春的结局是出家为尼。她的册页上画了一座古庙，判词的最后一句是："独卧青灯古佛旁。"高鹗的续书中，贾家一切恢复如初后，惜春就在栊翠庵取代了妙玉。要真是如此，她也就不必入薄命司的册页了。

栊翠庵是元春省亲时才建起来的，非古庙，无古佛。八十回后，惜春在贾家第一次被抄家之前就先知先觉，出家为尼。后来，她虽然可以借宿古尼庵，但每天仍过着缁衣乞食的生活，孤独而悲惨。

关于她的判词，第一句是"勘破三春景不长"。《红楼梦》十二支曲里，她那首《虚花悟》的第一句是"将那三春看破，桃红柳绿待如何"？这跟第十三回秦可卿托梦时的偈语"三春去后诸芳尽，各自须寻各自门"的意思是完全一样的。

惜春在荣国府窝里斗，抄检大观园后，就彻底心冷如铁。她的丫鬟入画，被抄出些男人用的物品。其实，尤氏过目后发现，这无非是入画的哥哥从贾珍那里得到的一些可怜的小赏赐，私下托人带到妹妹这里寄存。尽管私自传送东西有违府规，却也算不得什么严重的罪过。尤氏的意思是，惜春把入画责骂一番，也就罢了。惜春却决意不要入画，说："嫂子来的恰好，快带了他去，或打，或杀，或卖，我一概不管！"

初读到这里，我不禁一愣。因为那点错误，就说或打，或杀，或卖，一概不管，这也太狠心了。一个擅长画写意花鸟的美女，撵起丫鬟来，竟是这等冷酷！

现在的人们，一般都不知道封建社会抄家的厉害。我看了一些资料后，才对此有了一个大概的认识。

据乾隆时萧奭写的《永宪录》续编记载：雍正朝时，学政俞鸿图被抄家。他的妻子在听说抄家的人来了之后，立即自尽。他有一个孩子，还不懂事。抄家的人没有马上对付他。但是，孩子在见到那抄家的情景后，当场活活吓死了。那时被抄家的官员不但自己被逮走，家里的成员，如果没有皇帝特别的恩准，一律都不被当作人，而是当作"动产"看待,打骂根本不算事儿。皇帝或将其赏给他喜欢的官员,一般是负责查抄的官员;或"充官",拿到人市上当商品卖掉。不但仆人,原来的太太、姨娘、公子、小姐,都是一样的命运。

比《永宪录》更可靠的史料是雍正朝的内务府档案。雍正二年(1724)农历十月十六日的内务府档案,明确记载了贾母原型李氏的亲哥哥李煦在雍正元年(1723)被抄家治罪。他的家属仆人一共二百余口,先在苏州被变卖。有的人因为李煦官声不错,不忍心买;有的虽然对他无所谓,甚至恨他,但因为不知李煦后续如何,不愿买、不敢买。雍正就下令把这些人像运货一样运到北京来。路上,李家死掉一名男子、一名妇人、一名幼女,最后押到北京的共二百二十七人。其中李煦的妻妾子女十人,仆人一共二百一十七人。押解他们的官员是江南理事同知,叫和升额。这些人押送到北京后,先变卖了其中的二百零九人。因为李煦当时在狱中,他的案子还没审完,所以留了八个人当活口。这八个人需要先过堂、挨打,然后再根据具体情况，或杀或卖。负责卖这些人的官员是崇文门监督，叫五十一。不要对这样的名字感到惊讶，那时候的满族人用数字做名字并不罕见。卖这些被朝廷治罪的官员家里的所谓犯男犯妇的地方，就在崇文门外。

第五十七回惜春说的那些话，不仅刻画了她的性格，而且是非常写实的笔墨。现实生活中，雍正一上台就将李煦抄家治罪了，但直到雍正六年（1728）才查抄了曹𫖯家，将曹𫖯逮京问罪。这当中是有个时间差的。所以，惜春的原型作为李煦妹妹的一个堂孙女儿，对抄家是更敏感的。

那几回已经写到江南甄家被抄；写到在外头还没抄进来时，贾家自己就抄检起大观园来了。别人听见甄家被抄，也许仅仅是不愉快，仍在糊里糊涂地寻欢作乐，惜春却更有悲观的预见性。把入画"带了他去，或打，或杀，或卖"，这句话脱口而出，并没有夸张矫情。作为惜春原型的曹家姑娘，虽然年纪小，却耳闻了她堂祖母李家的一家老幼奴仆在抄家后被打、被杀、被卖。被杀之所以排在被卖之前，是因为李家就有三个人在押解赴京的路上死掉了——这也是变相的死刑啊！那八个必须过堂的人，可能就有人被判死罪杀掉；如果不是死罪，也不收监，那就再拿去卖掉。因此，或打，或杀，或卖的排列顺序，是有道理的。

我原来觉得曹雪芹应该按严重性来排列，把"或杀"写在最后。这是因为我不懂曹雪芹下笔的历史背景，不知道李煦被抄家治罪后的具体情况。惜春的原型不可能看到当时的官方档案，但是崇文门变卖罪家人口的事情是公开的，官府还会用诸如贴出告示的方式晓谕天下臣民，让人们感受到皇权的威严。

第七十四回，惜春还说："善恶生死，父子不能有所勖助。"又说："我只知道保得住我就够了，不管你们。"她公开断绝了与宁国府的关系。八十回后，她应该在贾府因为藏匿甄家罪产被查抄的前夕，就离开荣国府出家当尼姑了。曹雪芹在前面一再点出，惜春很早就有出家的念头。甚至在贾府局面不错、并无危机的情况下，她就公开说出剃发为尼的玩笑话。事态发展到必须选择一种逃避方式的时候,出家当然是首选。

在贾家三春将尽的时候,她已经看破一切,预判到即将发生的危险,于是实施了自救。尽管以后青灯古殿独处,缁衣乞食苟活,也总比被打、被杀、被卖略好。但无论如何,这样的结局还是非常凄惨的。惜春的原型,估计就是这种情况。

曹雪芹通过惜春又给我们显示了另一种人生悲剧。这是在政治大恐怖下,卑微地唯求自保,以冷漠和隔绝来延续自己生命的艺术典型。

王熙凤和巧姐的命运

王熙凤本不是荣国府的人,她是贾赦的儿子贾琏的媳妇。他们两口子本该跟贾赦、邢夫人住在一起,就近侍奉父母公婆,以尽孝道。但是在曹雪芹笔下,贾琏和王熙凤夫妇却住在荣国府。他们住的院子的具体位置是府里中轴线的西北,在贾母住的院落后面。贾母院落的最北边是坐南朝北的抱厦厅,抱厦厅北边粉油的大影壁后面还有一个小院落,这个院落就是贾琏、王熙凤的住处。

曹雪芹把王熙凤的住所安排在荣国府贾母院子后的一个小院,这或许是因为王熙凤的原型在当年就是那么出格,偏在叔婶家住。而且,婶子也是她的姑妈。她虽说是帮她的婶子、姑妈管家,实际上则是为了先讨好老祖宗站住脚,再一步步独揽大权,成为实质上的当家人。这位当家人给曹雪芹留下了非常深刻的印象,成为一个能引起他强烈创作冲动的人物。虽然在现实生活里,贾赦的原型既非贾母原型所生,也并没有跟他弟弟贾政的原型一起过继过去,但为了把王熙凤的原型淋漓尽致地写进书里,曹雪芹就合并同类项,把贾赦的原型也说成是贾母的长子,甚至为此不惜悖理。有趣的是,他的处理方式,并没有引起历来众多读者的质疑。所以,曹雪芹是成功的。人们都为王熙凤血肉丰满的艺术形象所折服,这个角色已经成为家喻户晓的不朽典型。

关于王熙凤,历来的红学研究者的分析评论可谓汗牛充栋,一般的读者在茶余饭后对她的议论也非常多。美学家王朝闻出版过一册厚厚的《论凤姐》。在前八十回里,王熙凤的形象已经被曹雪芹写足,可谓光彩照人、活灵活现。曹雪芹写出了她独特的性格,以及她心理、行为的复杂性,让王熙凤的形象超过了书中其他所有角色。

王熙凤的有些想法令人毛骨悚然。比如第六十一回,大观园里出了盗窃官司。那时候她病了,由探春等代理府务。平儿来跟她汇报情况。针对破案,她说:"依我的主意,把太太屋里的丫鬟都拿来,虽不便擅加拷打,只叫他们垫着磁瓦子跪在太阳地下,茶饭也别给他们吃,一日不说跪一日……"

在王夫人发狠抄检大观园的时候,她却扮演了一个跟王善保家的完全不一样的角色。晴雯挽着头发闯进来后,把箱子"豁"的一声掀开,用两手捉着底子,朝天往地下尽情一倒,将所有之物尽都倒出。这是非同小可的抗拒行为。而且,晴雯的行为应该是针对王熙凤的。但是王熙凤一点也没生气,反倒大有维护之意。她知道晴雯曾是老太太身边的,而且晴雯给老太太的印象也一贯不错。但是,王夫人已经当着她的面斥责晴雯为"妖精",肯定是要把晴雯撵出去的。王熙凤却偏还能容忍晴雯的放肆。这就说明,她心里既有王夫人等绝没有的独特情愫，又对晴雯的骄纵横行有欣赏之意。

曹雪芹简直把人性中所有尖锐对立的因素全都熔为一炉，熔合到王熙凤的生命里去了，而且毫不牵强，随时显现。善与恶、正与邪、好与歹、贤与愚、刚与柔、温与猛、苛刻与宽容、贪婪与施舍、狂傲与谦和、胆大与心细、收敛与放肆、诙谐与庄重，等等。她真是全挂子的本事，要哪样有哪样。她弄权铁槛寺，不信阴司报应，恣意妄为，最后导致两条人命尽失。后来，为了逼死尤二姐，她又故意打起官司。官司打完后，她又让仆人旺儿去害死原来跟尤二姐订过婚的张华，以达到灭口的目的。尽管旺儿最后没有下手，也足以说明她狠毒起来是不管不顾的。

总体而言，曹雪芹是欣赏她、肯定她的，并且特别欣赏与肯定她的管理才能。"凡鸟偏从末世来，都知爱慕此生才。"曹雪芹希望我们能够原谅她的罪过。虽然她的人性还是免不了有阴暗面，但是，这样的一个人，如果不是生于"末世"，不是在那样的社会环境中，那么她性恶的外化，所做的坏事可能就会少一些。曹雪芹希望读者们都能跟他一起,赞赏这位女性出众的组织能力与指挥气魄。他是把王熙凤塑造成了一位脂粉英雄。

荣国府的建筑格局在书里写得非常清楚。府内建筑群之间有过道,或者叫夹道一类的过渡性空间。曹雪芹不仅写了很多发生在主建筑里的故事,而且也绝不忽略这些过渡性的小空间。他设计的很多情节都有意识地利用了穿堂过道。比如,王熙凤在对付贾瑞时,苦设相思局,第一次利用了两边都有门的穿堂,第二次利用了屋后的小过道。书里多次写到各个角色如何经过这些过道。第七回,周瑞家的送宫花。她从梨香院出发,走过王夫人的正房后头,在三间小抱厦中逗留后,就穿过夹道,从李纨后窗过,越西花墙,出西角门,去往了凤姐住的小院。第八回,宝玉要去梨香院,因怕遇见父亲,便绕路而行。他路过穿堂,碰见了府里的清客相公詹光、单聘仁;在过道里遇见了银库房总领吴新登、仓上头目戴良等七八个管事的头目,外加一个买办钱华,还跟他纠缠了一阵。

这样的描写一点也不多余。曹雪芹得空便入，捎带脚就向读者传递了很多信息。他把荣国府这座宏大的贵族府第日常生活的运转，以及除主子和主要丫鬟们外的各色人等点染了出来。而且，他利用谐音，让我们知道：府里管库房过秤的总领竟是"无星戥"（当时用于称重量的衡器，依靠戥子和准星来确定具体数额），可见荒唐；管仓库往外发东西的头目叫"大量"（这里的"大"要读成"戴"）；买办则叫"钱花"，贾府给他钱采买东西，贪污了多少且不论，拿着府里的钱一顿猛花，绝不心疼；至于所谓的清客相公，是贾政养来陪他聊天、吟诗、写字、画画的一些无聊的存在，一个只知道"沾光"，另一个更"善骗人"，尤其是善于欺骗像贾政这样迂腐的老爷。曹雪芹让这些角色在宝玉路过府里的穿堂、过道时出现，不但符合人物被限定的府内活动区域，也有意点明这些人像墙缝里寄生虫一般存在。

第五十二回，宝玉要去舅舅王子腾家，在厅外上马。李、王、张、赵、周、钱六个大男仆，还有四个小厮,簇拥着骑马的宝玉往外走。为避免路过贾政的书房,他便从角门出去了。在过道里,顶头看见了府里的大管家赖大,宝玉笼住马,表示要下去,以表尊敬。赖大赶忙过去抱住他的腿,不让他下马。宝玉就在马镫上站起来,用这样的肢体语言表示了敬意。曹雪芹写这些细节,是让读者领略大家族里的礼仪。他还写到了一个小厮,带着二三十个拿扫帚簸箕的人进来。他们见了宝玉,都顺墙垂手立住。为首的小厮趋前给宝玉打千请安。曹雪芹的笔触精细地扫描到府里的最底层——比小厮还低微的扫地的杂役。再出一个角门后,门外还有六个大仆人的六个小厮和几个马夫,还有十来匹马,前引傍围,浩荡而去。

而这些关于过道穿堂、扫过道的小厮,以及扫帚簸箕等犄角旮旯的事情,与我们探究王熙凤的命运大有关系。

第二十三回,贾政、王夫人把众子女找来传达元妃的旨意,让府里众小姐和宝玉入住大观园。传达完后,宝玉慢慢退出,还向金钏儿笑着伸伸舌头,然后带着两个嬷嬷一溜烟往住的地方，贾母的院子跑了。这一路要过夹道、经穿堂。这本是淡淡的一笔。但是，脂砚斋在此处留了一条批语，意思大致是：妙！这便是凤姐扫雪拾玉之处。一丝不乱。

脂砚斋读过曹雪芹写成的《红楼梦》八十回后的文稿，于是告诉我们：荣国府夹道边穿堂门前的这么个不起眼的旮旯，会发生一件极为重要的、与凤姐有关的事情。凤姐最后竟沦落到了最底层，成为一个严冬时在夹道里扫雪的杂役。而她在一次扫雪的时候，竟从雪里捡到了玉！有专家认为，凤姐捡到的就是通灵宝玉。但是我很难理解，通灵宝玉怎么会掉在了那里？

王熙凤的判词和《聪明累》曲，基本上都好懂。难懂的一句是："一从二令三人木。"实际上，这句话概括了王熙凤和贾琏关系的三个阶段。

第一阶段是"一从"。贾琏是顺从她的。她气势压人，总占上风，让贾琏往往不得不忍气吞声。前八十回基本上都属于这个阶段。

第二阶段是"二令"。八十回后，荣国府因为江南甄家藏匿罪产一事，第一次被查抄追究。贾母在这之前或之后死去。贾母不仅是黛玉的靠山，也是凤姐的靠山。凤姐在外违例发放高利贷的事情率先败露。而且，当时的贾府已经无人为她辩解、对她宽容；再加上贾琏也早因尤二姐的事对她感到厌恶怨恨。最后，李纨无意中预言的情况就出现了。第四十五回，李纨和凤姐少见地拌起嘴来。在这回的一开始，被形容为"槁木死灰"，一贯寡言少语、温柔敦厚的李纨，被凤姐的话刺激，忽然一口气说了一大篇反击凤姐的十分尖酸刻薄的话。最后一句是："给平儿拾鞋也不要，你们两个只该换一个过子才是！"这正是"二令"的意思。贾琏虽然还没有休掉凤姐，但已经很宠爱平儿了，并在很多事情上都依靠平儿；对凤姐，贾琏着实地不客气，甚至吆三喝四。凤姐也只有听从命令、勉强支撑的份儿。脂砚斋批语透露的八十回后有"王熙凤知命强英雄"的情节，应该就是在这个阶段。

　　第三阶段是"人木"。这是拆字法，暗示凤姐被贾琏休掉了。那时候，皇帝追究贾家的第二轮更猛烈的风暴来临了,新账老账、大账小账一起算。宁国府当年藏匿秦可卿的罪固然是最大的,但是凤姐弄权铁槛寺、追杀张华等事也一并被追究。铁槛寺一案,是凤姐让仆人假借贾琏的名义写信去捣的鬼;张华一案,更没贾琏的责任。贾琏气急败坏,也为脱掉干系,立刻休掉了凤姐。但是,贾琏仍逃不脱皇家的追究,因为贾家最大的罪名是参与"月派"的阴谋活动。既如此,贾家就难逃内务府档案记载的李煦家的悲惨结局了。

凤姐沦为贱役,在严冬里被罚扫雪,应该是在贾家彻底败落后。皇帝第一次派人查抄贾府,可能因为元妃还活着,主要还是以查抄所藏匿的甄家罪产为主。贾政被罢官,甚至被逮;大观园也被封;荣国府也会被查封一大部分,但还能留下一些空间、一些奴仆,供贾政的家属居住、使用。但是,第二次查抄贾府就不一样了。元妃应该已经在"月派"逼宫时被缢死。皇帝发现贾家居然参与"月派"谋反(其实贾家可能主观上并不想谋反,而是被裹胁进去又无法摆脱),再想起当年秦可卿的事,皇帝认为,自己当初对他们的宽容善待,并没有换来贾府的感恩戴德,反而是如此大胆忤逆,就在第二次抄家时把贾府连锅端了。这就是惜春说过的或打、或杀、或卖,到了"家亡人散各奔腾"的前夜。通过脂砚斋另外的批语,我们可以知道:凤姐和宝玉后来都被移送监狱。在狱神庙,茜雪、小红等会去救助他们。

凤姐扫雪拾玉,应该就是那时的事:贾府第二次被查抄时,所有人都被当作犯人,集中监禁在原来贾母住的那个院落,一起等候发落。某日雪后,凤姐被罚出角门,到夹道扫雪,然后拾到了玉。但是,我认为凤姐拾到的玉不是通灵宝玉。

宝玉被拘后,通灵宝玉只能有三种情况。一是被抄走,作为重要的待审查分辨的罪证慎重保存,不会被遗落在夹道。二是还戴在宝玉身上。人尽皆知那是他落草时衔在嘴里的,并非罪产,而且那玉就俗世的标准而言,是块近乎石头的病玉,也不值得贪占。当时的情况下,宝玉肯定更加珍爱它,也不会让它遗失在夹道中。三是以神话式的想象来处理这块玉。比如一僧一道再度出现，或远施魔法，把这块玉暂且收回。那通灵宝玉就更不可能出现在夹道里了。

凤姐拾到的玉，在前八十回也有相关的线索。

在第五十二回前半回"俏平儿情掩虾须镯"中，平儿把麝月叫到屋外去说悄悄话。晴雯以为是说对她不利的话，就让宝玉去听窗根。宝玉听见平儿说坠儿偷了她的镯子。平儿的意思是：这件事儿别声张出去，等以后用别的由头，把坠儿打发出去就完了。晴雯知道后就沉不住气，把坠儿连骂带扎，当天就撵了出去。平儿跟麝月说悄悄话的时候，还特别有这么几句："宝玉是偏在你们身上留心用意、争胜要强的，那一年有一个良儿偷玉，刚冷了一二年间，还有人提起来趁愿，这会子又跑出一个偷金镯子的来了，而且更偷到街坊家去了……"平儿在话里提到了"良儿"这个丫鬟。坠儿偷金的事情是罪证确凿，所以她的名字里有个"坠"字，但是偷玉的丫鬟为何要特意取一个"良"字呢？

曹雪芹给角色取名字，会用谐音或字义来影射人物的品质、命运等。除了詹光、单聘仁，我还可以举出一串：卜固修（不顾羞）、卜世人（不是人）、胡斯来（胡乱厮混来去）、程日兴（成日地兴风作浪）、靛儿（宝钗拿她"垫背"）、柳五儿（姿色如五月之柳）、碧痕（有的古本写作碧浪，专门负责给宝玉提水洗澡）……总之，他取名大都意有所指。有时候他也会用反讽的办法取名：凤姐派给尤二姐的丫鬟叫善姐，但善姐实际并不善；第七十三回一开头，跑到怡红院去报信的赵姨娘的丫鬟叫小鹊，报的却是凶信。

所谓的良儿偷玉、坠儿偷金是对称的写法。这可能不是反讽，而是一个人被冤枉了，另一个人确实有偷窃的行为。第五十二回提到良儿之后，宝玉被一群仆人簇拥着经过凤姐扫雪拾玉的那条夹道。只是凤姐拾玉的位置是在通向贾母院落的穿堂门外。

八十回后，凤姐扫雪拾到的玉，应该就是曾被误认为良儿偷的玉。良儿偷玉一案，应该是在大观园建成之前。那时候，宝玉还跟着贾母住。因此，这件事的性质被看得异常严重。凤姐在处理此案时一定也颇费周折。当时,良儿不认,王熙凤就采取了非常手段,让她在大太阳地里,罚跪在磁瓦子上,不给她茶饭吃。良儿最后被屈打成招,也被撵了出去。

凤姐沦落后,在穿堂门外扫雪时忽然发现了那块玉。她一定会想,夹道天天有人打扫,岂有一直没被发现的道理?但是,府里被查抄时,虽说一切物品均须登记入册,但小件的东西难免被参与查抄的人据为己有。然后因为某种原因,这块玉被遗落在了夹道里,又被她无意中拾到。既然这块玉还在府里,说明当年良儿是冤枉的。当年对良儿屈打成招,现在自己却成了阶下囚,岂不悚然惨然!

"机关算尽太聪明,反算了卿卿性命。生前心已碎,死后性空灵。"第五回把王熙凤的结局预告得很清楚。她扫雪拾玉,悔不当初,但已于事无补。后来被投进监狱,虽然贾芸、小红两口子到监狱中的狱神庙去看望她,多少让她得了些慰藉,但负责抄家的人,很可能是忠顺王,还要押她到南京老宅去指认罪产。凤姐"哭向金陵事更哀",应该是在沿大运河押送的过程中,趁看守不备,投水自尽了。结局非常悲惨。

巧姐凭什么被曹雪芹编入正册呢?她在前八十回的戏份特别少,而且她母亲已经被排进正册了。依我看,曹雪芹想加入一位辈分明确比其他各钗低的女子,让贾氏家族女性的命运展现更立体化。表面上看,秦可卿跟巧姐是一辈的。巧姐是贾母的重孙女,秦可卿是重孙媳妇。但是,秦可卿的表面身份后有太多疑点、太多秘密。

巧姐最后的命运,在第五回的判词和《留余庆》曲中交代得很清楚。当年她母亲善待了刘姥姥,种下了善缘。家族败落后,刘姥姥一家救了她。她最后的归宿,应该是嫁给了刘姥姥的外孙板儿。后来,她虽然住在荒村野店,每天还要以纺绩谋生,但跟惨死的姑妈、母亲等相比,也算幸运多了。她和板儿的姻缘,在第四十一回有非常明显的伏笔。大姐儿(巧姐是后来刘姥姥给她取的名字)原来抱着一个大柚子玩,忽然看见板儿抱着一个佛手,就要佛手。后来,大人们就让两个孩子互换了柚子和佛手。脂砚斋对此事写有几条批语:"小儿常情,遂成千里伏线。"又说:"柚子,即今香团之属也,应与缘通。佛手者,正指迷津者也。以小儿之戏,暗透前后通部脉络。"佛手指迷津,也是《留余庆》里说的那些意思:"劝人生,济困扶穷,休似俺那爱银钱忘骨肉的狠舅奸兄!正是乘除加减,上有苍穹。"

许多读者都觉得,曹雪芹把巧姐写得太小。八十回后,故事的时间跨度也不可能很大。贾家败落时,她不过六七岁,板儿那时候也不过十多岁,两人能成就姻缘吗?

第一回里香菱被拐走时,也还只是个四五岁的小女孩。巧姐年纪虽小,被拐卖的可能却非常大,特别是在家族败落的时候。刘姥姥将她解救出来,作为童养媳收养,等她和板儿长大了再成亲,这在当时是非常普遍的做法。

巧姐的命运之谜在于究竟谁是"狠舅奸兄"。"狠舅"自然是凤姐的兄弟王仁,曹雪芹用了"忘仁"的谐音。高鹗在续书中把贾芸当作"奸兄",这是天大的错误。第二十四回写到贾芸时,脂砚斋有多条批语,赞他"有志气""有果断""有知识",还说他:"孝子可敬。此人后来荣府事败,必有一番作为。"靖藏本在这一回前也有一条独家批语,说:"醉金刚一回文字,伏芸哥仗义探庵。"后来,贾芸和小红自由恋爱,终成夫妻。凤姐对他们两个都有恩。在八十回后,曹雪芹会写他们去安慰、救助凤姐、宝玉。至于贾芸"仗义探庵"探的是什么庵?目的何在?效果如何?我们不得而知。但这肯定是一种义举,不会是奸行。

有人猜贾蔷是"奸兄",这也是没有道理的。贾蔷和龄官的爱情,不说可歌可泣、可圈可点,也足能和贾芸、小红的爱情媲美。贾蔷跟凤姐的关系一贯很好,还替凤姐教训贾瑞。他不仅是一员战将,而且后来做到了经济独立。在荣国府解散戏班子后,龄官没有留下,应该是被贾蔷接去共同生活了。所以,贾蔷不可能在八十回后成为坑害巧姐的"奸兄"。

那么,"奸兄"究竟是谁?又奸在哪里呢?

巧姐的原型是贾琏、王熙凤两个原型的独生女儿。但是,在多达六种的古本《石头记》里,第二十九回写荣国府清虚观打醮时,却有一句话:"奶子抱着大姐儿带着巧姐儿。"这不大可能是抄书人抄错了,应该是曹雪芹在某一时期的原稿上的句子。可见,贾琏和王熙凤实际上并不是只有一个女儿,而是有两个。年龄稍长且自己能走路的女儿,叫巧姐儿。但是,根据书里的情节流动,巧姐的名字是第四十二回刘姥姥给她取的,所以,去清虚观打醮时,王熙凤和贾琏即使真有那么大的女儿,应该也还没有用巧姐这个名字。

我的看法是,现实生活中贾琏和王熙凤的原型夫妇有两个女儿。王熙凤的原型没有生下男孩,才会加重家庭危机,也才会导致贾琏的原型偷娶二房。第二十九回写得早。起初,曹雪芹按生活的真实,写出了他们有两个女儿。后来,他调整文稿,觉得写两个女儿很麻烦,就合并成了一个女儿,这个女孩儿就是第四十二回王熙凤请求刘姥姥给取名字的巧姐儿。

我坚持认为，曹雪芹基本上把《红楼梦》写完了，但是没来得及统稿，不但还剩一些"零件"没来得及装上，更有许多"毛刺"没有剔尽。我在这里顺便再举一些例子：

第七十一回大写贾母八旬大庆。曹雪芹明写贾母寿辰的正日子是八月初三，所写的季节背景跟前后情节流动也吻合。但是，在第六十二回，探春有段话却是这么说的："倒有些意思。一年十二个月，月月有几个生日。人多了，便这等巧……大年初一日也不白过，大姐姐占了去……过了灯节，就是老太太和宝姐姐，他们娘儿两个遇的巧。三月初一是太太……"贾母生日究竟是什么时候？

探春说的应该是贾母的原型李氏的生日，被曹雪芹很自然地写了下来。但是，从生活到小说，他又故意把贾母的生日安排在秋天。在秋日的八旬庆典之时，宁、荣二府和贾赦家爆发的连锁冲突，导致贾母发狠查赌，然后滚雪球般地酿成了抄检大观园。秋风萧瑟，寒冬逼近……他写得很精彩，但是，还没来得及把前面探春的话改过来。

第七十五回，贾母强打精神过中秋节。在凸碧山庄，大家围着大圆桌坐下。贾母居中，左边是贾赦、贾珍、贾琏、贾蓉，右边是贾政、宝玉、贾环、贾兰。桌子还有一半是空着的。贾母叹息人少，后来把围屏后边的迎、探、惜叫过来一桌坐。但是，在座的人没有贾琮。

贾琮是贾赦的儿子、贾琏的弟弟，是贾母的一个长房孙子。第二十四回，他正式登场。邢夫人还责备他黑眉乌嘴。他后来还出现过几次。第五十三回祭宗祠时，他和贾琏一起献帛。这样一个嫡亲的孙儿，怎么会在中秋团聚时缺席？这写得很怪。

还是在第七十五回，贾赦夸贾环的诗写得好，说出了很蹊跷的话："以后就这么做去，方是咱们的口气，将来这世袭的前程定跑不了你袭呢。"书里对于袭爵之事写得很清楚。贾赦袭一等将军；贾政因为不是长子，没资格袭爵。贾赦死了，爵位应该由贾琏来袭。贾琏死了，爵位轮到贾琮，肯定轮不到贾政的儿子。更何况，还有个比贾环大的贾宝玉。

也在这一回,贾珍在宁国府搞射鹄子活动。贾赦、贾政听说后,"两处遂也命贾环、贾琮、宝玉、贾兰等四人于饭后过来,跟着贾珍习射一回,方许回去"。这四个人里,宝玉最年长,却被排在第三位。"两处遂也命"是说,贾环、贾琮是贾赦那边命令过来的,宝玉、贾兰是贾政命令过来的。如果贾环真是贾赦那边的,那前面引的贾赦说他有资格袭爵的话,却又好懂了。但是,在同一回里,贾琮射了鹄子,却又在中秋大团圆时没了踪影,更让人纳闷。

这一回本应有三首中秋诗,一直没填上。脂砚斋在回前注明:"缺中秋诗,俟雪芹。"估计这一回写得比较早,跟第二十二回缺灯谜诗一样。曹雪芹没来得及补上就去世了。

第七十六回,贾母对尤氏说:"可怜你公公死了已是二年多了。"但是,贾敬吞丹死去是在第六十三回,此后情节在时间上是连续的。贾敬死了并不到两年。

类似这样前后矛盾的"毛刺"还可以挑出很

多,不再一一罗列了。虽然曹雪芹没能完成修订《红楼梦》的工作,后来又迷失了八十回后的文稿,但这部书却跟保存在法国巴黎卢浮宫的古希腊雕塑米罗的维纳斯一样,具有惊人的残缺之美。

李纨的命运

有人说,李纨透明度最高,是一位近乎完美的妇人。曹雪芹对她下笔,也是只有褒没有贬。她的全部不幸,是丧夫守寡。曹雪芹之所以也把她收入薄命司册页,是哀叹她尽管后来儿子当了大官,自己被封诰命夫人,但终究还是无趣。通过她,作者控诉了封建礼教不许寡妇改嫁的罪恶。有人说,作者通过李纨的形象展现了礼教压抑下青年寡妇的不幸。我是同意这个说法的,但并不同意曹雪芹对李纨只有褒没有贬的观点。

李纨判词的前两句是"桃李春风结子完,到头谁似一盆兰"。这句话是很好懂的。贾珠死后，李纨把全部精力都投入了对贾兰的培养上，这是可以理解的。第二十六回，书里有一笔描写值得我们留意：宝玉在大观园里闲逛，顺着沁芳溪看了一会儿金鱼，忽然两只小鹿从一边山坡上箭也似的跑了过来。宝玉正自纳闷，只见贾兰在后面拿着一张小弓追了下来。贾兰一见宝玉，站住跟他打招呼。宝玉责备他淘气，问贾兰为何要射那两只小鹿。贾兰说自己在这会子不念书，便在闲余时分演习骑射。

　　清朝皇帝，特别是康、雍、乾，非常重视保持满族的骑射文化。皇帝对阿哥们的培养，就是既要他们读好圣贤书，又要能骑会射。贵族家庭也按文武双全的标准来培养自己的子弟。李纨望子成龙心切，对贾兰的培养是全方位的，不仅督促他读圣贤书为科举考试做准备，还安排他习武。当时，科举考试也有武科。八十回后，贾兰中举，有可能就是中的武举，后来又立了战功。"气昂昂头戴簪缨，光灿灿胸悬金印，威赫赫爵禄高登。"母因子贵，李纨也终于扬眉吐气，封了诰命夫人。

李纨判词的后两句是"如冰水好空相妒,枉与他人作笑谈"。这两句没那么好懂。"如冰水好空相妒"一句,在有的古本中写作"为冰为水空相妒"。这句话的意思是:水跟冰本来是一种东西,但是有些水结成了冰,就嫉妒没结成冰的水;但是,没结成冰的水,到头来也没得到什么真正的好处,白白让人看了笑话。从这判词就可以感觉到,曹雪芹对李纨并不是全盘褒奖。虽然她最后在表面上比其他十一钗的命运都好,但她一生的遭遇,被旁人议论起来,还是有很多闲话的,遭人嘲笑也在所难免。

说到妙玉的时候,我提到,在第七十六回,她续出的十三韵里有两句是:"钟鸣栊翠寺,鸡唱稻香村。"我认为,这预示着贾府被查抄后,大观园的大多数地方都被勒令腾空、贴上封条了,只剩栊翠寺和稻香村这两处允许暂住,成为例外。

为什么栊翠寺(庵)还可以鸣钟礼佛?贾府有罪,所有主子奴仆一律连坐,但妙玉和她身边的嬷嬷丫鬟并不是贾府的人,她们是可以例外的。

栊翠庵的产权属于贾府，被抄检一番是难免的。当年王夫人做主下的请妙玉入府的帖子一定被查了出来。妙玉坦然无畏，认为自己是贾府下帖子请来的，没有什么问题。当时，王夫人请她的理由很堂皇：元春要省亲，必须准备佛事。但那时候元春已经惨死，皇帝厌恶贾家，一经查抄，就诸罪并举，甚至还要顺一切线索追究；负责查抄的官员总要借势施威，肯定要对下帖子的事情穷追不舍；其他对贾家不利的因素也汇集起来，一时难以结案。在这种情况下，妙玉即便想搬出栊翠庵，恐怕也不会被放行。她只是不被算作罪犯，得以维持日常生活罢了。

妙玉不是贾府的人，李纨母子却是，为什么稻香村还可以雄鸡唱晨呢？

李纨守寡多年且不理家，负责查抄的官员也找不到她参与任何罪行的证据，皇帝又最提倡贞节妇道，所以就对她们母子网开一面，不予拘禁，仍住在稻香村里。如经查实，他们确实与贾府诸罪无关，皇帝可能还允许他们在结案后搬出去，自去谋生。母子二人获释后与原来的亲友断绝来往，李纨更加严格地督促儿子苦读，贾兰也不负母亲的一片苦心，中举得官，建立功勋，李纨也终于成了诰命夫人。

书里对李纨的情节设计是大体合理的。但是，细加推敲之后，问题又来了：王夫人怎么可以公然不让李纨来管家呢？

荣国府中，贾政主外，王夫人主内。书里说，她觉得自己精神不济，所以要请下一辈的媳妇来做帮手。她眼前就有一位大儿媳妇。虽然大儿子贾珠死了，但是其寡妻李纨还在。而且在故事开始的时候，李纨的儿子，也就是贾政和王夫人的孙子贾兰已经比较大了，可以读书射箭了。李纨完全可以腾出手来帮助王夫人理家主内。而且李纨是书香门第出身，还会作诗。元妃省亲时她也赋诗一首，虽然难言才华，但抄写记账总是没有问题的。反观王熙凤，几乎不识字，凡遇到记账写字查书一类的事情，都依靠彩明——一个未弱冠的小男孩。有一回，她还临时抓差，让宝玉给她写了个账单不像账单、礼单不像礼单的东西。最重要的是，从封建社会的伦理秩序的角度来说，李纨作为荣国府的大儿媳妇，没有放弃理家责任的道理。即使王夫人没有委托她帮忙，李纨也应该主动上前帮忙。

第四回介绍她说："这李纨虽青春丧偶，且居处处膏粱锦绣之中，竟如槁木死灰一般，一概无见无闻，惟知侍亲养子，外则陪侍小姑等针黹、诵读而已。"李纨不但不协助王夫人理家，而且竟达到了"一概无见无闻"的程度，这在当时是非常严重的不孝行为。第七回有句交代，也值得推敲："原来近日贾母说孙女儿们太多了，一处挤着倒不方便，只留宝玉、黛玉二人这边解闷，却将迎、探、惜三人移到王夫人这边房后三间小抱厦内居住，令李纨陪伴照管。"贾母好像也不以李纨放弃府内总管责任为奇，只是觉得她闲着也是闲着，就给她派了一个闲差。这差事按说也应该是王夫人来安排，怎么会由贾母亲自下令？难道在贾母眼里，李纨和王夫人是一样的身份？

李纨是荣国府正牌的大儿媳，但主理贾府的却是贾赦那边的王熙凤。后来王熙凤生病，李纨和探春才代理其职。王夫人又请来宝钗帮忙。府里仆人们暗地里抱怨："刚刚的倒了一个'巡海夜叉'，又添了三个'镇山太岁'。"后来，在三位"镇山太岁"里，探春唱主角，李纨和宝钗则甘当绿叶。宝钗只是个亲戚，毕竟是外人，但李纨怎能如此？

我认为，李纨的情况可能与贾赦类似。虽然书里的李纨是这样的身份，但现实生活里的原型却是另一种身份。

李纨在书里被设计成与宝玉一辈的人，是贾政和王夫人的大儿媳妇，是贾母的孙子媳妇。李纨的儿子贾兰，就是贾政和王夫人嫡亲的孙子，也是贾母嫡亲的重孙子。按照这样的伦常排序，贾政一家几代人团聚，特别是在特别看重团圆意义的元宵节，贾兰自然应该到场。但在第二十二回，全家赏灯取乐，济济一堂，贾政忽然发现不见贾兰，便问："怎么不见兰哥？"地下婆娘忙进里间问李纨。李纨起身笑着回道："他说方才老爷并没去叫他，他不肯来。"婆娘回覆了贾政，大家都笑了，说贾兰是"天生的牛心古怪"。于是贾政就派贾环和两个婆娘去把贾兰叫了来。

贾兰是一个读圣贤书的人，在元宵灯节团聚时，竟不主动孝敬祖父祖母，还非得等人去请才到场。在当时，不要说这样的场合，晚辈应该主动到长辈跟前承欢，即便在平日，晚辈也要主动向长辈晨昏定省，没有让长辈派人去请的道理。而且，李纨回答贾政的状态也很古怪，她还在笑。另外，我们能从她的口气中感觉到，她也觉得需要专门去叫一下贾兰才更合适。

曹雪芹怎么写得如此古怪？我认为这一笔恰恰并非虚构，而是现实生活里确实发生过的事情。这一笔是与全书虚构的框架不协调的。

第二十二回后面有署名畸笏叟的一条批语。畸笏叟和脂砚斋究竟是一个人还是两个人，红学界莫衷一是，我在这里不予枝蔓。这条批语是："此回未成而芹逝矣，叹叹！""未成"，指未定稿。这一回的后面还缺灯谜诗，曹雪芹没来得及补上。再经过仔细探究，我就发现了关于贾兰原型真实身份的逗漏。这一笔还没被曹雪芹抹去，这也是这一回未定稿的一个例证。

李纨的原型，应该是曹颙的遗孀马氏；贾兰的原型，如果不是曹颙的遗腹子，则是过继子。曹雪芹把他们都降了一辈来写。

曹寅是康熙的亲信。他死后，康熙让他的儿子曹颙接任江宁织造。但没过几年，曹颙又病死了，年仅二十六岁。这让曹家有了婆媳两代孤孀：第一代是曹寅的夫人李氏，是康熙另一个亲信苏州织造李煦的妹妹；第二代是曹颙的夫人马氏。李氏再没有亲儿子了，于是康熙让李煦从曹寅的侄子里挑出一个好的过继到李氏这边，作为曹寅的继子，并接任江宁织造。李煦最后挑选出来的就是曹頫。

曹頫过继给李氏的时候已经有家室了。他和他的夫人过来之后，马氏的地位是非常尴尬的。她是李氏的媳妇，对李氏必须继续尽媳妇的孝道。但是，她再也不是织造夫人了，不能再主持家政。曹頫和夫人住进了原本曹颙和马氏住的正院正房，马氏则不得不搬了出来。曹頫的夫人，就理所当然地成了大宅门里的管家奶奶；马氏则只能"槁木死灰一般，一概无见无闻"。

在那样微妙的家庭关系里，曹𬘡在某年灯节举办家庭聚会，因为李氏在座，马氏作为李氏的媳妇必须到场。但是，马氏的儿子不是曹𬘡的后代，又没得到邀请，所以不会主动赴宴。可以因此说他"牛心古怪"，却不能说他违反了封建礼教。马氏在解释他为什么不到场时，也就可以面带微笑，不用自责。曹𬘡应该还是喜欢马氏的这个儿子的，发觉他没到，就马上派自己的儿子去请他，他也就来了。这就是第二十二回透露的情况。

如果贾兰的原型是曹颙的遗腹子，虽叔叔曹𬘡的家庭私宴没请他，但有祖母在场，他也理应主动前去膝下承欢。但他却连李氏也不看重。这让人觉得，贾兰的原型可能不是曹颙的遗腹子。他和李氏、曹𬘡都没有血缘关系，而是马氏抱养来的孩子。因她膝下无子，她的哥哥或弟弟便过继一个儿子给她，这在当时也是很正常的。

曹𬘡过继给李氏后，陆续给康熙写了很多奏

折，除了感恩戴德，也汇报了许多事情。康熙五十四年（1715）三月初七的奏折中说："奴才之嫂马氏，因现怀妊孕，已及七月……将来倘幸而生男，则奴才之兄嗣有在矣。"这份奏折现在保存在故宫档案馆里，后续呈上的奏折也可查到，但曹頫没有再向康熙汇报马氏生子之事。估计马氏生育失败，或者生下的是女孩。后来，马氏过继了一个儿子，也就顺理成章了。

现存的内务府奏折中，有一份写了康熙对曹颙的评价："曹颙自幼朕看其长成，此子甚可惜！朕在差使内务府包衣之子内，无一人及得他，查其可以办事，亦能执笔编撰，是有文武才的人，在织造上极细心谨慎。朕甚期望。其祖其父，亦曾诚勤。"康熙对曹颙的评价，到了雍正、乾隆两朝依然有效。虽然后来曹颙的未亡人马氏还跟着李氏，也跟曹頫夫妇一起生活，但曹頫后来获罪，却也不能株连她。她和她的儿子，应予善待，也就逃脱了被打，被杀，被卖的噩运。这情况反映到小说里，就成了不但"钟鸣栊翠寺"，而且"鸡唱稻香村"。

根据曹頫的奏折提供的信息，我们可以推测出，马氏生下曹颙的遗腹子的年龄应该比曹雪芹大。马氏化为李纨后，年龄基本没变；曹颙的遗腹子化为贾兰后，年龄就降到了宝玉之下，与贾环的年龄差不多。当然，贾珠在全书故事开始的时候就死掉了，徒然只是一个空名，是小说写作的变通。我们不能胶柱鼓瑟，说他的原型一定是曹颙。

从创作心理上说，曹雪芹之所以要这样处理，是因为他不愿意完全按照生活的真实情况来写。如果那样写，就得在书里说明贾政是过继给贾母的。这也就表明宝玉不是贾母嫡亲的孙子。但是，曹雪芹不想把自己家族那层微妙甚至尴尬的人际关系如实挪移到小说里。从小说文本的需要来说，作者合并某些同类项，避免某些真实生活里过分特殊的个案，可以使艺术形象之间的关系优化；避免许多烦琐而又派生不出意蕴的交代，有利于情节的自然流动，也有利于集中精力刻画好人物性格。

曹雪芹对李纨从原型到艺术形象的升华，基本是成功的。他在绝大多数的情节和细节里，都按照书里设定的人物关系来吻合李纨的场景反应。比如，第三十三回宝玉挨打，王夫人先抱着宝玉哭："苦命的儿吓！"后来，她想起贾珠来，又哭道："若有你活着，便死一百个我也不管了！"听见王夫人哭叫贾珠时，别人犹可，唯有李纨禁不住放声大哭起来。这就写得非常准确。原型人物升华为艺术形象后，就要按艺术想象所设定的身份来表现。

但是，《红楼梦》前八十回文本里，还是有不止一处的痕迹漏出李纨身上有马氏的影子。第四十五回，李纨带着小姐们去找王熙凤，让她出任诗社监察。王熙凤是个聪明人，立即道破她们的意图："那里是请我作监社御使，分明是叫我作个进钱的铜商！"李纨说："真真你是个水晶心肝玻璃人。"王熙凤便借此不依不饶地说道："亏你是个大嫂子呢！……这会子他们起诗社，能用几个钱，你就不管了？老太太、太太罢了，原是老封君。你一个月十两银子的月钱，比我们多两倍银子。老太太、太太还说你寡妇失业的，可怜，不够用，又有个小子，足的又添了十两，和老太太、太太平等。"

在那样的封建大家庭里，总账房给每个人发放的月银，是严格按照其在家族中的地位来规定数额的。书里的李纨，无非是荣国府的一个大儿媳妇，因为她守寡，所以受到优待。但是，她的月钱怎会跟贾母、王夫人一个等级？竟足有同辈的王熙凤的四倍！曹雪芹是按现实生活里马氏的待遇来写的。马氏本是家里的第一夫人，后来因家庭情况变化让了位，即便如此，月银当然不能降。王熙凤接下来又说："又给你园子地，各人取租子，年终分年例，你又是上上份儿。你娘儿们，主子、奴才总没十个人，吃的穿的仍旧是官中的，一年通共算起来，也有四五百两银子。"在封建大家族里，一个儿媳妇占"上上份儿"，这是说不通的。但是，马氏守寡后能在曹家享受"上上份儿"待遇，是顺理成章的。

现实生活里的马氏，一定是积谷防饥，拼命积攒银钱，以防将来自己老了没有收入。因为曹𫖯有赡养她的义务，仍未改变她的待遇，所以她尽量不动自己的积蓄，一起过日子时，只进不出。

从上面的分析可以做出这样的判断：现实生活

里的马氏和她的儿子，对曹頫夫妇及其子女，以及连带的那些亲戚，比如曹頫妻子的内侄女，内侄女的女儿等，肯定没有什么真感情可言。曹頫一再地惹事，虽说雍、乾两朝皇帝对马氏母子还能区别对待，没让他们落到一起被打、被杀、被卖的地步，但事过之后，他们对曹頫家的那些人避之唯恐不及，哪还有心去救助？面对苦苦哀求的亲戚，母子二人可能非常冷漠，拒绝施以援手。

这类素材，会被曹雪芹用到八十回后。《晚韶华》有一句："虽说是，人生莫受老来贫，也须要阴骘积儿孙。"这是一句相当严厉的批评。意思是说，虽说为防老来没有收入尽量地积蓄银钱，是有一定道理的，但是到了节骨眼上，吝啬钱财而眼睁睁见死不救，也太损阴德了！人在活着的时候，应该为儿孙积点阴德。李纨对巧姐见死不救，贾兰则耍奸使猾摆脱了前来求助的人，所以虽然后来李纨成了诰命夫人，但"也只是虚名儿与后人钦敬""枉与他人作笑谈"。贾兰也就成了与"狠舅"王仁并列的"奸兄"。

李纨的结局看似不错，但她从守寡时起就一直形同槁木死灰，一生无真乐趣可言。后来，她又见死不救，被人耻笑。曹雪芹把她归入红颜薄命的系列，是合理的。

金陵十二钗副册

贾宝玉神游太虚境,随警幻仙姑过牌坊,进宫门,入二门,见配殿。那些配殿的名称很奇怪,有痴情司、结怨司、朝啼司、夜怨司、春感司、秋悲司等。警幻仙姑告诉他,那些司里贮藏的是普天之下所有女子过去未来的簿册。

这当然是曹雪芹的艺术想象,是为体现全书主旨的精心设计。在那个由神权、皇权支撑的男权社会里,天下所有的女子,从皇后妃嫔、诰命夫人到平民妇女、丫鬟娼妓,尽管也有阶级差异,也有善恶美丑贤愚的差别,但是生为女人,就注定了她们的不幸。西方的女权主义是二十世纪后期才出现的思潮。妇女解放是伴随着新时代的曙光才出现的社会进步。但是，在二百多年前，曹雪芹就通过《红楼梦》提出了妇女问题，强调了普天下女子都是悲剧性的存在。

贾宝玉来到薄命司前，看到一副对联：春恨秋悲皆自惹，花容月貌为谁妍。"宝玉看了，便知感叹。"宝玉果然是"些微有知识的人"，一点就通，还没走进薄命司，就先感叹了。

《红楼梦》里出现的女性形象非常多。书里通过怡红院小丫鬟春燕之口，介绍了宝玉的一个观点，其实也就是曹雪芹的观点。他认为女孩子本是珍珠，是无价之宝；出嫁了就会变质，渐渐失去光彩，成为一颗死珠子；再老了，就变成鱼眼睛，令人憎恶。这的确是非常精彩的论点。他把"女儿是水作的骨肉"的命题，在现实社会的格局中加以细化，告诉我们男权社会是怎样通过婚姻、家庭和社会的熏染，败坏着女性的身心。

我年轻的时候读《红楼梦》，总有个谁是坏

人、谁是好人的框架。比如,王夫人驱逐金钏,导致金钏含羞投井而死,这已经让我对其反感。到后来她下令抄检大观园,对晴雯予以残酷打击,晴雯死后还催着赶紧把她送到外头烧掉。这真让我气得发抖,恨得牙痒。我读到宝玉在《芙蓉女儿诔》里说"剖悍妇之心,忿犹未释",更是非常有共鸣,觉得王夫人很坏,理所当然是个反面形象。

后来我又细读《红楼梦》,发现曹雪芹在第七十四回对王夫人有这样的说法:"王夫人原是天真烂漫之人,喜怒出于胸臆,不比那些饰词掩意之人。"曹雪芹为什么要这样写?是反讽吗?不,不是反讽,而是非常认真地在交代王夫人的性格。后来,读得遍数多了,我就有所悟。

我仍然认为王夫人的所作所为是阶级压迫,但也认为王夫人是被摧残的活泼美丽的青春花朵。她也曾有过青春,也曾是颗纯净的珍珠,却在婚后被男权坐标下虚伪的道德价值观浸泡成了腐臭的死鱼眼睛。她的所作所为,并非因她天性邪恶。她辱骂、驱逐晴雯,是一种超出她们两个生命之间的性格冲突。

第七十七回,芳官、藕官、蕊官三个姑娘在走投无路的情况下决定削发为尼。水月庵和地藏庵的两个住持姑子趁机花言巧语,说三个姑娘想出家是高尚的意愿,让太太倒不要限制了她们的善念。曹雪芹接着使用了这样的叙述语言:"王夫人原是个好善的……今听这两个拐子的话大近情理……心绪正烦,哪里着意在这些小事上……他三人已是立定主意,遂与两个姑子叩了头,又拜辞了王夫人。王夫人见他们意皆决断,知不可强了,反倒伤心可怜,忙命人取了些东西来赍赏了他们……"

我后来悟出了曹雪芹写王夫人这段文本的高明。他不是先设定谁是坏人,然后去写他如何做坏事,而是非常真实地写出了具体的人在具体情境里,如何被社会主流价值体系那只无形的手支配着。个人的性格在这个过程中虽然也起作用,但如果要追究责任,那么主要的责任是不合理的社会制度,是那制度赖以支撑的不正确的价值观。他对王夫人就是这样着笔,把她的性格写得非常准确,真实可信。他想肯定和否定、叹息与讽刺的内涵，全在里头了。

曹雪芹设计金陵十二钗的册子，从第五回直接写到的十四页图画和判词（正册十一页，副册一页，又副册两页）可以推知，他是不收"鱼眼睛"的。王夫人这样的妇人以及年龄与她相仿的一概不入册。除李纨和王熙凤外，册子里收的基本上都是青春女性。李纨有一个年龄不小的儿子，她应该已是三十岁上下的年纪。王熙凤也已结婚生了女儿。她们作为珠子，虽然开始变颜色了，但毕竟还能闪光，也被他安排入册。

曹雪芹这样处理，跟警幻仙姑说各司里放的是"普天之下所有女子过去未来的簿册"并不矛盾。他写这整部书，是献给青春女性的。他写到的"死珠子""鱼眼睛"都是陪衬。因为"死珠子""鱼眼睛"已经被男权同化，成为被污染的生命了。虽然他也为这些曾经有过青春的女性叹息，但是，他不安排她们入册，因为她们虽不是天生的坏女人，但已经丧失了作为女子的代表性。他写王夫人时就把握了这个分寸。这是我们读《红楼梦》时应该搞清楚的。

贾宝玉进了薄命司，看见十数个大橱中，有一个封条上标明"金陵十二钗正册"。他很惊讶地说："常听人说，金陵极大，怎么只十二个女子？"这句话非常要紧。除了字面的意思，还让我们知道：小说里的荣国府、宁国府，还有后来建造的大观园，也就是全书第三回以后，除去第四回前面大半回的故事背景，是在北京而不是在南京。而且，宝玉并没有关于金陵的记忆。关于金陵的信息，他全是从大人那里听来的。警幻仙姑听宝玉这样问，就跟他解释说：贵省女子固然很多，但这橱里的册页只选择要紧的录入。庸常之辈是没资格被录入的。于是，宝玉就看见另外两个大橱上面，写着"金陵十二钗副册"和"金陵十二钗又副册"字样。他去打开橱子，拿出册子来翻。

曹雪芹写得非常高妙。他不是写宝玉先看正册，再看副册，再看又副册……而是先看又副册，而且只看了两页，觉得不理解，就掷下不再看；再去拿副册看，也只看了一页就掷下了；最后才看正册，总算一口气把十一页全看完了。

宝玉只看了副册中的一页。这页画着一株桂花，下面有一池沼，其中水涸泥干、莲枯藕败。后面的判词是："根并荷花一茎香，平生遭际实堪伤。自从两地生孤木，致使香魂返故乡。"这说的是甄英莲，也就是香菱。"两地生孤木"是拆字法，谜底是"桂"字。薛蟠娶来夏金桂后，香菱就被她折磨死了。高鹗写夏金桂死了，香菱被升格为正妻，这显然完全违背了这幅画和判词的预言。

副册收入了香菱，也就立了一个标杆，即身份跟她类似的女子应该被收在副册。香菱有双重身份。作为甄英莲，她是乡宦甄士隐的女儿。甄家在当地也算是望族。英莲虽然比不了簪缨侯门的贵族小姐，毕竟也算是小康之家的正经闺秀，比丫鬟仆妇的身份高多了。但她很小就被人偷走，长大后，被薛蟠买去做妾，因此她的身份就不如一般小康之家的待嫁小姐了。她平时也有小丫鬟服侍。书里写小丫鬟的名字叫臻儿。以香菱这两种身份做标杆，我们可以推测，跟她在一个册子里的女子，要么是正经的小姐，要么是给人做妾而又优点突出的女性。

在探究其他十一位女性是谁之前，我们需要先讨论一个问题：在副册里，香菱肯定是排在第一位吗？曹雪芹只在宝玉看正册时，非常明确地写了"只见头一页上"画着什么写着什么，然后一页页地往后看。因此，正册的排序是非常清楚的。但是在写宝玉看又副册和副册时，都没明确写出他看的是第几页，只写他"拿出一本册来，揭开一看"。所以虽然能猜到宝玉揭开副册看到的是香菱，但也不能肯定香菱所在的那一页就是副册的第一页。

对于香菱的出场，脂砚斋有多条批语。脂砚斋说，她日后会和她母亲一样，表现出"情性贤淑、深明礼义"的品质；她"根源不凡"，是"根并荷花一茎香"，是一个超越一般水平的美女。荣国府里的人们都不清楚她的来历，只是觉得她的模样、品格跟秦可卿相像。那时她还只是个小丫头，自己也完全失去了记忆，但她浑身上下却散发出高贵的气质。

第一回中，甄士隐抱着甄英莲在街上看热闹。一僧一道朝他们走了过来。疯和尚跟他说："你把这有命无运、累及爹娘之物，抱在怀内作甚？""有命无运、累及爹娘"也是香菱和秦可卿的共同之处。针对这八个字，脂砚斋写下了一条非常重要的眉批："八个字，屈死多少英雄？屈死多少忠臣孝子？屈死多少仁人志士？屈死多少词客骚人？今又被作者将此一把眼泪洒与闺阁之中，见得裙钗尚遭逢此数，况天下之男子乎？""有命无运、累及爹娘"八个字，尤其前四个字，不仅是对香菱和秦可卿，也是对书中所有女子，乃至作者本人的一种概括，表达出个体生命与遭逢的时代、地域、社会、人际之间的复杂关系，是一种悲观的、沉痛的叹息。曹雪芹不是在宣扬迷信、宣扬宿命论，而是在沉痛之余，通过全书的文本，特别是通过贾宝玉的形象，弘扬与命运抗争的精神。他呕心沥血地写这部书，本身就是一种向不幸命运挑战的积极行为。

香菱是全书头一个出场的女性角色，又是照应全书女性命运的很重要的象征性角色。贾家四位小姐的名字合起来才构成了"原应叹息"的意思，而她一个人的名字就表达了"真应该怜惜"的感叹。在八十回后，她的惨死应该同样具有象征意义。她被夏金桂害死的时候正值夏天。夏天本是最适合莲花、菱角生长的季节，但夏金桂却在这时摧毁了她。"金桂"谐音"金贵"，是金殿里的权贵。当然这只是一种象征，并不代表夏金桂是皇宫里的人。夏金桂的出身和身份，在书里交代得很清楚。

香菱之死不仅是她一个人的悲剧，也是全书众女儿总悲剧的预兆。因此，我觉得在金陵十二钗副册里，香菱应该排在第一。宝玉揭开副册时，看到的就是第一页，只是没有继续往下看。这是曹雪芹的写作艺术和技巧。小说里的艺术形象，即使有生活原型，也只能由作者驱使。曹雪芹故意这么写，故意留给我们一个巨大的悬念——金陵十二钗副册里，如果香菱排第一，那么依次往下的人又该是谁呢？

我讲讲自己的看法。这只是一家之言。毕竟到目前为止，没有人真的发现一部历经劫波仍侥幸存世的曹雪芹原笔原意的包括八十回后内容的手抄本。因此,所有想探究金陵十二钗副册、又副册的人,都只能从前八十回的本子里寻找根据,做出自己的推测。

排在副册第二位的应该是平儿。

平儿在前八十回地位并不高,只是一个通房大丫鬟,连妾都不是。通房大丫鬟,就是在主子夫妇行房事的时候,不但可以贴身伺候,还可以在主子招呼下一起行房。第七回周瑞家的送宫花,到了王熙凤他们的那个小院里。大中午的,贾琏、王熙凤和平儿就在屋子里行房事。曹雪芹写得很含蓄,只有寥寥几句:"只听那边一阵笑声,却有贾琏的声音。接着房门响处,平儿拿着大铜盆出来,叫丰儿舀水进去。"贾琏为什么笑?为什么平儿从房里出来?为什么她叫丰儿舀水进去?因为读者都能意会到,所以他没必要多写。脂砚斋说,这种笔法叫"柳藏鹦鹉语方知"。

平儿的地位比一般丫鬟高,却又还不是正式的妾。她的处境是很悲苦的。王熙凤是一个醋汁子拧出来的人，可以让平儿"通房"，却不能容忍平儿单独跟贾琏在一起。这在第二十一回有具体描写。

书里交代，平儿和袭人出身相似，不同于鸳鸯等人。贾府丫鬟的来历大体有三种：第一种是家生家养的丫鬟。父母乃至更上一辈就是府里的仆人，生下的儿女也是世代为奴。鸳鸯就是这种出身。她父母在南京给贾家看守旧宅；兄嫂在贾母房中，一个当买办，一个是浆洗方面的头儿；她则很早被挑选到贾母身边伺候贾母。第二种是贾府买来的丫鬟。本是良家女子，因为家里穷，就被卖到贵族人家当丫鬟。平儿、袭人就是这样的丫鬟。袭人被荣国府买来后，先在贾母房里当丫鬟，那时候叫珍珠，后来服侍宝玉，才改名袭人。平儿原是王家买来的丫鬟，随王熙凤来到贾琏身边，等于是个活嫁妆。袭人与其父母、哥哥同在一个城市，而且离得不远，还有回去团聚探视的机会；平儿却已跟家里人失去了联系。第三种是别人赠予的丫鬟。晴雯就是赖嬷嬷献给贾母的丫鬟。书里还写到，贾府为了操办元春省亲，买了十二个女孩子，让她们学戏，好在省亲时表演。后来，朝廷因老太妃过世，禁止民间唱戏娱乐，也暂停了省亲活动。她们里头死了一个走了三个，剩下的女孩都分给不同的主子当丫鬟，不久后又都遭散了。这不是府里丫鬟的常规来源。

到故事开始时，跟平儿一起陪嫁过来的大丫鬟，在王熙凤的淫威下要么死了，要么走了，只剩一个平儿了。宝玉说她面对贾琏之俗、凤姐之威，竟能周旋下来，真不容易。曹雪芹借宝玉之口评价平儿是一个极聪明、极清俊的上等女孩儿。光靠品质，平儿未必能排入副册。但是，八十回后贾府遭到毁灭性打击之前，王熙凤很可能已经被贾琏休掉了。李纨在第四十五回说的王熙凤跟平儿"两个只该换一个过子才是"的预言，竟成了现实。平儿成了贾琏的正妻，就符合入副册的条件了。

贾家覆灭后，贾琏应该会被发配到打牲乌拉、宁古塔一类的边远严寒之地。平儿或是跟着过去受苦；或是像李煦的家人一样，被官府拍卖。

书里关于平儿的描写极多，从各个角度展现了她的人格光彩。在第六十一回"判冤决狱平儿行权"中,曹雪芹通过平儿的作为,以及延伸到第六十二回开头的话语,表达了一种政治智慧:"大事化为小事,小事化为没事,方是兴旺之家。若得不了一点子小事,便扬铃打鼓的乱折腾起来,不成道理。"平儿的深刻含义也尽在其中了——世界难得一平啊!

排在副册第三位的应该是薛宝琴。

有人认为薛宝琴一切方面都圆满,不会被收入薄命司的册子。我并不认同这种看法。第五十回,贾母细问薛宝琴的情况。薛姨妈开口第一句话就是:"可惜这孩子没福。"她父亲前年就没了,母亲又得了痰症,她已经无法依靠父母了。宝琴告别了父母之爱,处境跟史湘云接近。在当时的社会,她也算得上是红颜薄命了。她被许配给了梅翰林,到京城来之后,她哥哥薛蝌带着她,准备出嫁的种种事宜。虽然八十回后关于薛宝琴的文字我们一无所知,但是前八十回还有一些关于她命运的暗示。

第七十回,大家写柳絮词。薛宝琴写的是一阕《西江月》,有一句:"三春事业付东风,明月梅花一梦。""三春"是时间概念，指三个美好的年头。这一句尤其明显。如果"三春"认定为元、迎、探、惜里的三位，无论挑出哪三位来，也难跟"事业"构成一个词组。四位女子哪有共同的"事业"？"三春事业"显然是指贾府在三个年头里，被越来越深地卷入"月派"苦心经营的"事业"。结果"付东风"，贾府随风而散。四大家族一损俱损，所有人都面临被打、被杀、被卖的悲惨命运，薛宝琴也在劫难逃。"明月梅花一梦"句，"明月"和"梅花"都成为怅惘一梦，可见她没嫁给梅家，婚姻成了泡影。她怎么会有幸福圆满的结局呢？全词的最后一句是："江南江北一般同，偏是离人恨重。"这句话的意思更清楚了。从江南的甄家到江北的贾家，都难逃噩运。甄家被皇帝抄家治罪，在八十回里已经写到。山雨欲来风满楼。在暴风雨正式席卷时，甄家一定会"接二连三、牵五挂四"（第一回里写火灾的话）地株连到史、王、薛家，乃至更多的府第和人。实际上，薛宝琴已经通过这阕《西江月》告诉我们：她后来也是颠沛流离，

"偏是离人恨重"。薛宝钗评价她的词："终不免过于丧败。"曹雪芹会特意让一位并不薄命的幸福女性发出丧败之音吗？

在第五十一回"薛小妹新编怀古诗"中，怀古诗一共有十首，都是灯谜诗。历来都有读者和研究者费尽心力来猜，也不断公布自己猜出的谜底，但能让绝大多数人认同的答案，至今还没出现，有待于大家的共同努力。如果诗有十二首，我们就比较容易形成思路，可以往暗示十二钗的路子上去琢磨。但是，曹雪芹只设计了十首，极大地增加了猜出谜底的难度。

我认为，这十首诗肯定别有深意，绝不是随便写出来充塞篇幅的可有可无的文字。对薛宝琴写的这十首怀古为题的灯谜诗，我一直在猜，但还没有形成贯通性的解读，现在只挑出最后那首《梅花观怀古》来讨论一下。

不在梅边在柳边，个中谁拾画婵娟？
团圆莫忆春香到，一别西风又一年。

我认为，这首诗预告了薛宝琴八十回后的命运。这首诗取自《牡丹亭》。在《牡丹亭》里，"不在梅边在柳边"是强调杜丽娘最终跟书生柳梦梅的结合；薛宝琴引用这句诗则是喻指她以后不是在姓梅的人身边，而是在姓柳的人身边。八十回后，她没能嫁到梅翰林家，而是在经历一番极富戏剧性的波折后嫁给了柳湘莲。

薛宝琴和柳湘莲的结合，跟杜丽娘和柳梦梅的故事一样，跟画有关系。第五十回一再写到有关画的事情。薛宝琴和抱着梅瓶的丫鬟小螺正是画中人。贾母屋里有幅《双艳图》，是明代大画家仇十洲的作品。贾母说，宝琴雪下折梅的样子比画上的女子还好。惜春作画时，贾母命令她一定要把宝琴、小螺和梅花"照模照样，一笔别错，快快添上"。很显然，这些情节都是伏笔。贾府被抄家，《双艳图》肯定会被抄走。惜春没能画完的画，说不定早已被她自己毁掉。《双艳图》可能流散到了社会上，被柳湘莲得到。

薛宝琴和柳湘莲遇合，又经历了离别。在这个过程中,"春香"(《牡丹亭》里的丫鬟,后来已经成为"丫鬟"的代指)为两人的团圆发挥了关键作用。这个丫鬟也许是书中的小螺,也许是贾府其他的幸存者。两人聚而离、离而合,大约经历了一年时间。

在《西江月》词里,薛宝琴说"三春事业付东风"。这首怀古诗则说:"一别西风又一年。""不是东风压倒西风,就是西风压倒东风。""东风"在薛宝琴的词里是一种摧毁"三春事业"的力量;而在怀古诗里,与"东风"对立的"西风",显然是柳湘莲一方的代称。薛宝琴最后虽然得以与柳湘莲结合,但也只能以政治失败者的身份低调地艰难生存。她以这样的命运入薄命司的册子,也就不让人奇怪了。

排在副册第四、第五位的应该是尤三姐、尤二姐。

"红楼二尤"的故事,从第六十四回到第六十九回,大体贯穿了六回,很集中。这个故事很完整,给人一种镶嵌进去的感觉。不止一位研究者指出,

第六十四回和第六十七回可能不是曹雪芹的原笔。因为在高鹗续书之前，有的手抄本里已经有这两回了，所以这两回肯定不是高鹗补上的。有研究者认为，这两回可能是跟曹雪芹关系密切的人在曹雪芹死后补写的。脂砚斋可能就是这位补写的人。

我认为，尤三姐要排在尤二姐的前面。

尤三姐是一个想发挥主观能动性，改变自己的命运轨迹，追求新生活的刚烈女性。她本来和尤二姐一样，有些水性杨花，惹得贾珍、贾琏、贾蓉等都想占她便宜，甚至想霸占她。曹雪芹把她刻画得活灵活现。第六十五回，她一个人应付贾珍、贾琏。"自己高谈阔论，任意挥霍，村俗流言，洒落一阵，拿他弟兄二人嘲笑取乐，竟真是他嫖了男人，并非男人淫了他。一时他的酒足兴尽，也不容他弟兄多坐，撵了出去，自己关门睡去了。"她的放荡，其实是在特殊环境中非常无奈、悲壮的反抗。

《红楼梦》全书只写了两个女人的脚，一个是尤三姐的脚，一个是傻大姐的脚。傻大姐有两只大脚。贾府应该是满汉杂处，有的女性是天足，有的女性是小脚。曹雪芹下笔很谨慎，尽量不去直接描写。他只写了尤三姐是裹小脚的。第六十五回写到尤三姐的穿着做派："底下绿裤红鞋，一对金莲或翘或并，没半刻斯文。"曹雪芹写尤二姐的脚就相当含蓄，以致现在有些读者读不懂了。第六十九回，凤姐假装贤惠，把尤二姐骗进荣国府，带去见贾母。贾母戴了眼镜，像验货般地查看她。先瞧了她的皮肉儿，看了她的手，"鸳鸯又揭起裙子来"。鸳鸯是让贾母看她的小脚裹得好不好。贾母从头到脚检验完了，才做出"更是个齐全孩子"的评价，甚至说比凤姐还俊。这说明，二尤是汉族妇女。她们在父亲死后，跟着母亲改嫁，这在旧社会被叫作"拖油瓶"，是非常让人看不起的。她们到了名义上的姐姐家，就遭到那边两代男主子的调戏欺凌。

尤三姐在险恶的生活环境里，决心痛改前非，自主择人出嫁。她要委身柳湘莲，没想到最后却是一个急促而惨烈的大悲剧。造成她大悲剧的关键因素，是贾宝玉的两句话。第六十六回，柳湘莲向他最信任的好友贾宝玉问起尤三姐。宝玉实话实说:"他是珍大嫂子的继母带来的两位小姨,我在那里和他们混了一个月,怎么不知?真真一对尤物,他又姓尤。"湘莲听了,跌足道:"这事不好,断乎做不得了!你们东府里除了那两个石头狮子干净,只怕连猫儿狗儿都不干净!我不做这剩王八!"这反应是出乎意料的强烈。宝玉听后,脸立刻就红了。

早就有人指出:宝玉一语死三姐。第六十六回的描写,能让我们感觉到贾宝玉对两位小姨是非常体贴的。贾敬的丧事里,和尚来绕着棺材念经,宝玉故意挡在她们前头,为的是不让和尚们身上的肮脏气味熏了她们;当时人多,老婆子顺手拿个茶杯给尤二姐倒茶,宝玉连忙阻止,说那茶杯他用脏了,让老婆子去另洗了再拿来。既然他在这样一些小事上都能体贴二尤,曹雪芹为什么要让他来点燃柳湘莲悔婚,尤三姐用鸳鸯剑自刎的导火索呢?

我们熟悉的文艺理论,比如典型论,就会说曹雪芹这样写不对头。他已经刻画出了一个维护女性、向封建社会男权挑战、体现着新兴社会力量正在萌芽的典型形象,却又随随便便写下一笔,竟使他成为一桩惨剧、一条人命的责任人。这是属于曹雪芹自己的美学原则。他从真人真事取材,"追踪蹑迹,不敢稍加穿凿"。他对素材有筛选,有在其基础上的虚构,有夸张渲染,有合并挪移,还使用了许多技巧,有很多伏笔,也不断变换、翻新着写作花样。但是,有一条是他坚持到底绝不改变的——写出复杂的人性和诡谲的命运。

曹雪芹为贾宝玉的形象定了基调,肯定他是个护花王子,但也能冷峻下笔,写出他人格中的弱点和缺点,写出他偶然的暴虐、放纵和出言轻率。如果宝玉没那么跟柳湘莲说话,柳湘莲会不会娶了尤三姐?这真是个难以回答的问题。其实,对这个问题的讨论已经没有多大意义了。因为尤三姐已经因此香消玉殒;宝玉也在心灵深处永远地悔恨不已,忏悔不已。曹雪芹这样写,可以使我们对人性的复杂、命运的神秘产生悠远而深刻的思考。

排在副册第五位的应该是尤二姐。这个形象已经被人们分析得很多了，我也没什么独特的看法，就从略了。

排在副册第六位的应该是尤氏。

尤氏应该是三十出头，比李纨略大。第七十六回，贾母带领大家中秋团聚。夜深了，尤氏说："我今日不回去了，定要和老祖宗吃一夜。"贾母就笑道："使不得，使不得。你们小夫妻家，今夜不要团圆团圆，如何为我耽搁了。"尤氏红了脸，笑道："老祖宗说的我们太不堪了。我们虽然年轻，已是十来年的夫妻，也奔四十岁的人了……"

那个时代，傅秋芳二十四岁还没出嫁，是很出格的现象。尤氏那么大才成为贾珍的填房，到故事发展至这一回，也不过是三十三岁左右。贾母说贾珍和她是"小夫妻"，是有意往小了说；尤氏说自己"奔四十岁"，又故意往大了说。虽然她可能是各册里年龄最大的，而且也嫁了人，早已不是颗"无价的珍珠"，但是，从书里关于她的种种情节来看，她跟李纨、王熙凤应该是三足鼎立。既然那两位可以入册，那么她也就有入册的资格。她也还不是颗"死珠",更没有成为"鱼眼睛"。

要论人格,尤氏没有李纨的自私,更没有王熙凤的歹毒。她的平和、善良、宽容、忍让都能给读者留下印象。第四十三回,贾母牵头"凑份子"给王熙凤过生日,派她操办。她发现王熙凤并没有像在贾母跟前承诺的那样替李纨出一份,就爽性把一些人交来的份子钱退还给了本人,其中包括周姨娘和赵姨娘。

周姨娘在书里只是一个影子;赵姨娘的戏比较多,是一个蝎蝎蜇蜇、人人讨厌的角色,但尤氏也还能善待她,这一笔很要紧。曹雪芹还特意写,周姨娘和赵姨娘一开始还不敢收。尤氏就说:"你们可怜见的,那里有这些闲钱?凤丫头便知道了,有我应着呢!"两位姨娘才千恩万谢地收了。尤氏是宁国府的人,在财产继承权上跟赵姨娘了无关系;王熙凤是王夫人的内侄女,又来到荣国府管家,与赵姨娘有难以调和的矛盾。周姨娘没有生育,没有什么竞争资本;赵姨娘却为贾政生了儿子。从书里的多处描写可以看出,贾政晚上睡觉,是赵姨娘来服侍他，赵姨娘依然拥有贾政的宠爱。王、赵之间的冲突经常白热化，这是荣、宁二府众人皆知的。尤氏如果明哲保身，实在犯不上找上门把份子钱退还给赵姨娘。我们从这个细节就可以看出，尤氏的人品确在李纨和王熙凤之上。

尤氏的办事能力也很出众。她为凤姐张罗生日，退了若干份子钱，把剩下的银子全部投了进去。"园中人都打听得尤氏办得十分热闹，不但有戏，连耍百戏并说书的女先儿全有，都打点取乐玩耍。"尤氏把活动搞得有声有色，这本应是皆大欢喜的事情，却没想到"变生不测凤姐泼醋"，但那是贾琏和王熙凤自己的问题，与尤氏无关。

贾府后来倾覆，"造衅开端实在宁"，贾珍一定被惩治得最惨。尤氏作为首名"犯妇"，其下场可想而知。

排在副册第七位的应该是邢岫烟。

邢岫烟后来嫁给了薛蝌，成为四大家族的一位媳妇。但是，就在她嫁过去没多久，贾家就倾覆了。一损俱损之下，薛家也受到了打击，他们夫妇二人的命运一定非常艰辛。她那首《咏红梅花》诗的最后一句是"浓淡由他冰雪中"。可见邢岫烟最后也只能在社会的冰雪中，寻求心理的平衡和生存的缝隙。

排在副册第八位、第九位的应该是李纨寡婶的两个女儿，姐姐李纹排在第八位，妹妹李绮排在第九位。

李纹在第五十回也有一首《咏红梅花》诗，里头有两句是："冻脸有痕皆是血，酸心无恨亦成灰。"可见，她们也是悲剧性的结局。李绮在前八十回的戏更少一些。高鹗安排她后来嫁给了甄宝玉，这真令人匪夷所思，曹雪芹绝不会有这样的设计。

排在副册第十位的应该是傅秋芳。

八十回后，傅秋芳应该会正式亮相，并在救助宝玉的事情上起到作用。很可能她后来嫁给了达官贵人，并具有一定的经济实力，高价赎出了狱中的宝玉。她的哥哥一直想把她嫁给权贵，可是她到二十四岁还没出嫁。在当时社会，耗到这个岁数，莫说嫁给权贵,就是嫁给一般家庭的男子也困难了,所以她最后很可能做了填房。她的青春年华都白白流逝了。她自己一定总想嫁一个如意郎君,但到头来,她哥哥攀附权贵的目的可能达到了,而她自己却绝无幸福可言,也是一个红颜薄命的女性。

排在副册第十一位的应该是喜鸾,第十二位的应该是四姐儿。

第七十一回,贾母八十大寿,族中的二十几个孙女儿都来祝寿。贾璚的母亲带了女儿喜鸾,贾琼的母亲带了女儿四姐儿。贾母觉得这两个女孩的模样和说话行事都出众,就把她们叫到自己榻前来坐,又把她们留下来住,嘱咐府里的人不能嫌她们家里穷,要精心照看。喜鸾还说过很天真的话。她们是贾氏家族的旁支亲戚,出场时虽然穷,但后来可能还会有起伏波折。她们在贾府走向衰败的前夕才被贾母看上,并很可能从此关系密切。这不是福,而是祸!曹雪芹安排两位小姐在第七十一回出场,不会是废墨赘笔,八十回后一定还会写到她们,也许就是通过她们被无辜株连,加重了全书的悲剧气氛。

金陵十二钗又副册

在第四十六回鸳鸯抗婚的情节里,鸳鸯在气闷中跑到大观园,先碰见了平儿,跟平儿说:"这是咱们好,比如袭人、琥珀、素云、紫鹃、彩霞、玉钏儿、麝月、翠墨,跟了史姑娘去的翠缕,死了的可人和金钏,去了的茜雪,连上你我,这十来个人,从小儿什么话儿不说?什么事儿不做?这如今因都大了,各自干各自的去了,然我心里仍是照旧,有话有事并不瞒你们。这话我先放在你心里,且别和二奶奶说:别说大老爷要我做小老婆,就是太太这会子死了,他三媒六聘的娶我去作大老婆,我也不能去。"

鸳鸯在这段话里，包括她和平儿在内，提到了十四个在贾府资历很深的大丫鬟。其中，贾母把翠缕给了史湘云，史湘云回叔叔婶婶家把她带了过去，变成那边的人了。另外，死了的金钏、去了的茜雪不用多说了。引人注意的是那死了的可人。

可人和只在书里出现过一次的媚人，应该是互相配对的名字。另外，麝月、檀云，素月、碧云，玻璃、翡翠，同喜、同贵……都是配对的名字。鸳鸯名单里的人，应该是最早都在贾母身边的一群丫鬟。在这段话的旁边，脂砚斋有条比较长的批语："余按此一算，亦是十二钗，真镜中花、水中月、云中豹、林中之鸟、穴中之鼠，无数可考，无人可指，有迹可追，有形可据，九曲八折，远响近影，迷离烟灼，纵横隐现，千奇百怪，眩目移神，现千手千眼大游戏法也。"这句话的意思是说，曹雪芹关于金陵十二钗的总体设计，既具体又抽象，既难以准确指认又分明排列有序。我们有时可以从这个角度列出十二位，有时候又可以从那种角度排出十二位。这是一种非常高妙的写法。

在太虚幻境,宝玉翻看的金陵十二钗又副册里,排在第一位的是晴雯。鸳鸯列举了那么多丫鬟的名字,却没有提及晴雯。按当时社会的价值标准衡量,晴雯的出身比她们都低,因为她是赖嬷嬷送给贾母的。

赖嬷嬷不是什么贵妇人,而是服侍过贾母那一辈小姐太太的女仆,还是家生家养一类的。她的儿子赖大继续给贾家当仆人。因为世代为仆,受到主子信任,赖大在故事开始的时候,已经成了荣国府的一个大管家;他的媳妇赖大家的,也成了挺拿事的女管家。这样的仆人,逐渐积累起财富,在外头也盖起很华丽的、带花园的住宅,过起很奢侈的生活了。赖大就拿钱赎出自己的孩子,不让他们再给荣国府当奴才了。荣国府也开恩答应了。

赖大的儿子赖尚荣,从小就跟贾宝玉类似,捧凤凰般地养大,在二十岁时拿钱捐了个前程。那时候的人可以不参加科举考试,花钱取得候补当官的资格。赖尚荣三十岁的时候被选为州县官,为了庆贺这件事，赖家连摆了几天宴席，甚至专门请贾府的人去。第四十七回柳湘莲的出场就是在赖家的宴席上，后来还发生了呆霸王薛蟠调情不成遭苦打的事。第五十六回，探春理家，为了管理好大观园，说起曾在赴宴的时候跟赖大的女儿"说闲话儿"，谈及园子管理。赖大的女儿本来应该到荣国府给探春她们当丫鬟，但因为父亲发财、主子开恩，自己就也成了小姐。

曹雪芹写姓赖的老仆家里的事情是有多方面意义的。晴雯最初是赖家买的小丫鬟，是大奴才买来的小奴才。赖嬷嬷到贾府给贾母请安，常带着晴雯来。贾母见晴雯长得伶俐标致，十分喜爱。老主子一流露出喜欢的意思，赖嬷嬷就把晴雯当作一件小礼品孝敬给贾母了。所以，鸳鸯在扳着手指头计算跟她地位相当的姐妹时，就没把晴雯算上。

晴雯根本不知道家乡何处、父母是谁，只知道有个姑舅哥哥。所谓姑舅哥哥，是一种含混模糊的说法。姑姑生的姑表哥和舅舅生的舅表哥在中国旧习俗里是严格区分的。但是，晴雯只知道他是一位表哥，会宰牲口做饭，就去求了赖家的，赖家的就让那表哥到荣国府来打一份工，让他"吃工食"。"吃工食"是书里第七十七回的原文，读到这三个字的时候，我心里有种说不出来的滋味。当时，晴雯也就十岁，那游丝一般的生命，还企图从人间寻觅一点亲情，去为其实血缘上说不太清的表哥求情，让他离自己近一些，也让他有份相对稳定的工作。我觉得这一笔很重要，可以知道晴雯爆炭般性格的深处，还有一份多么柔软的温情。

但是，她被王夫人粗暴地撵了后，就被扔在姑舅哥哥家的冷炕上。对此，宝玉形容为："他这一下去，就如同一盆才抽出嫩箭来的兰花送到猪窝里去一般。"因为她的关怀才到荣国府安身的表哥和对宝玉实行性骚扰的表嫂，竟没对她有过丝毫的亲情照顾。他们等晴雯一死，便赶忙去领烧埋银子，把晴雯匆匆火化了。

曹雪芹钟爱晴雯，把她刻画得从纸上活跳出来。历代不知有多少读者欣赏晴雯，为她的独特性格鼓掌叫好，为她的不幸夭亡叹息落泪。金陵十二钗又副册收入的应该全是大丫鬟。而在这些大丫鬟里,晴雯的出身是最低等的,曹雪芹却偏把她列为第一。"心比天高,身为下贱,风流灵巧招人怨。"曹雪芹还专门为她写了一大篇洋洋洒洒的《芙蓉女儿诔》,历来的红学研究者也为这个角色写下了许多文字。

但是,晴雯其实也是一个有争议的人物。有人很反感晴雯,特别反感她那样对待坠儿,认为连平儿也主张悄悄地找个借口,把坠儿打发出去就行了,而晴雯简直是凶神恶煞,自己病着,却把坠儿叫过去,骂还不算,竟然还拿一丈青(一种细长的金属簪子,一头是耳挖勺,一头是很尖锐的锥子)猛扎坠儿的手……这真是太可恶了!也许生活真实里晴雯的原型就是那么个德行,但是为什么还有那么多论《红楼梦》的人把晴雯说成是一个反抗的女奴隶呢?在对待坠儿这件事上,晴雯比奴隶主还凶恶。紧接着,曹雪芹把晴雯补裘写得很生动,写出了宝玉跟她之间有一种超出主奴关系的感情。但是,她那么卖命地替主子干活,也是在表达一种奴隶对奴隶主的忠诚。

我个人不同意给晴雯贴上诸如"具有反抗性的女奴"一类的标签。

晴雯的悲剧是性格悲剧。她锋芒太露,太率性而为。林黛玉身为小姐,性格太露,说话锋芒太厉害,尚且被人侧目,还令王夫人对她不以为然;晴雯作为一个丫鬟,竟然也由着自己的性子生活,这还得了!王夫人老早注意到,晴雯骂小丫鬟的模样很像林黛玉。而且,晴雯和林黛玉还都是开放式的性格。林黛玉有文化修养,使性子全用文雅的方式,也不跟丫鬟们冲突,只在小姐公子的圈子里使性子;晴雯比较粗俗,显得轻狂,骂起小丫鬟来比主子还主子,经常说把哪个丫鬟仆妇撵出去、打发出去。

晴雯之所以能由着性子生活,是因为她很得贾母喜爱。王夫人把晴雯撵出去后,贾母还说:"但晴雯那丫头我看他甚好,怎么就这样起来。"

虽然贾母和王夫人是同一个阶级的人,但是她们的差异很大。贾母能够"破陈腐旧套"。她有些新思维，能接受某些新事物，并且比较欣赏开放性格的人。她对凤姐和黛玉乃至晴雯的开放式性格都能欣赏，至少是能够容忍。她把晴雯派去服侍宝玉，还说："这些丫头的模样、爽利、言谈、针线多不及他，将来只他还可以给宝玉使唤得。"王夫人却绝对不能容忍晴雯这样的"狐媚子""妖精"。到了宝玉身边以后，晴雯深得宝玉宠爱。这就让她误以为自己可以就那么长长久久地生存下去，别的丫鬟婆子可以撵出去，但是自己绝对不存在那种危机。在被王夫人叫去当面斥骂之前，她是一点被撵的忧患意识也没有。

晴雯贴不得"反抗女奴"的标签。如果她觉得自己是奴隶，要反抗，就应该把荣国府、大观园、怡红院视为牢笼，想方设法地逃出去，或者为一旦被驱逐出去早做打算，但她一贯以留在"牢笼"里为荣、为福。

"撕扇子作千金一笑"中，她因为慵懒任性，把宝玉惹急了。宝玉说他要回王夫人，把她打发出去。但是，晴雯说："为什么我出去？要嫌我，变着法儿打发我出去，也不能够！"晴雯还说："我一头碰死了也不出这门儿！"她虽然没有跟宝玉发生关系，并且对袭人和宝玉鬼鬼祟祟的行为不以为然，还常常予以讥刺，但是却认定自己早晚是宝玉的人。别人或者会被撵出去，她自己也往外撵坠儿，但她自己是绝对不会被撵出去的。虽然宝玉生气说要撵她，但她就不出去，宝玉也无可奈何。

贾府的这些丫鬟们年纪大了，就会有李嬷嬷在第二十回说的那种结局——"好不好拉出去配一个小子"。第七十回一开头，大管家林之孝开了一个人名单子，单子上共有八个二十五岁的单身小厮应该娶妻成家，他们正等着把主子各房里拉出的到了年纪的丫鬟分配给他们。鸳鸯、琥珀、彩云本来都应该"拉出去配一个小子"，但因为各有具体原因，暂不出去。当时，只有凤姐和李纨房中的粗使丫鬟拉出去配了小子。得不着府里分配丫鬟的小厮才能到外头去自娶媳妇。

晴雯对拉出去配小子这样的前景不以为然。她以为自己既然是老太太派到宝玉身边来的，宝玉对她又宠如珍宝,就只把怡红院当成个蜜罐子,似乎自己可以舒舒服服地过一辈子。她的浑浑噩噩,跟另外一些丫鬟形成了鲜明的对比。

其实,坠儿的反抗性比晴雯强多了。她偷平儿的虾须镯不会用来自己戴。别忘了,在滴翠亭里,林红玉跟坠儿最好,最知心。林红玉也叫小红,是大观园的丫鬟里觉悟得最早的一个。第二十六回,她跟比她地位更低的小丫鬟佳蕙说:"'千里搭长棚,没有个不散的筵席',谁守谁一辈子呢?不过三年五载,各人干各人的去了,那时谁还管谁呢?"坠儿是小红最信赖的朋友,小红一定也把这样的意思跟坠儿说过。

坠儿偷镯子,就是为自己被撵出去或者被拉出去配小子后的生活积攒一点自救的资金。虽然坠儿的偷窃行为不可取,但她的动机里实在有合理的成分。她比晴雯清醒。晴雯是一个自以为当稳了奴隶而去欺负小奴隶的丫鬟,坠儿却是打算从奴隶地位上挣扎出去的。

大观园里的丫鬟们,基本上分成三类:

第一类以小红为代表。她们知道自己不能在贾府过一辈子,因此早做打算。小红采取的手段比坠儿积极。她以自己超常的记忆能力与口才赢得了凤姐的欣赏与信赖,成为凤姐身边得力的丫鬟,攀上了高枝。她的目的,只是跟着凤姐学一些眉眼高低,扩大自己的见识面。她早就大胆地爱上了府外西廊下的贾芸。她不是要把自己的前途锁定在荣国府,而是要选准时机冲出樊笼,去建造自己选择的较为自由的生活。司棋也是这种人。鸳鸯在抗婚以后,明白了贾母的死亡意味着自己一贯的生活状态的结束,甚至意味着自己生命的大限。她对未来绝对没有玫瑰色的期望。尽管每个人的情况还有区别,但这一类丫鬟即使知道这样的奴隶生活待遇还不错,也不可能选择当稳了丫鬟而没有变化,都早已经暗暗地拿好了主意。

第二类以晴雯、袭人为代表。晴雯、袭人的想法和做法并不相同,甚至相反。袭人的路数很像薛宝钗,是以收敛、温柔、顺应的方式应付各方面的人际关系。对宝玉,她以情切切、娇嗔的方式,并伴随以肉体的魅惑。她牢牢地把握住机会，时不时地给宝玉一些真诚的、确实是为宝玉前程着想的讽谏规劝。她把自己的前途锁定在宝玉二房的位置。晴雯觉得自己的地位很稳固。她没有细想。而她开放式的、奔放的性格，也不习惯今天去想明天的事。第五十一回，袭人回家探视母亲，晴雯和麝月代替袭人照顾宝玉。袭人刚走，晴雯就卸了妆、脱了裙袄，往熏笼上一坐就懒得再动了。熏笼是放在屋里取暖的炭火箱子，上面铺着褥子，围着被子，坐着非常舒服。麝月笑她："你今儿别当小姐了，我劝你也动一动儿。"晴雯却说："等你们都去尽了，我再动不迟。有你们一日，我且受用一日。"她以为她可以天真烂漫、无忧无虑地在宝玉身边过下去。

第三类以秋纹为代表。她们既没有小红、司棋、坠儿那样早为以后打算的想法和做法，也没有永久留在主子身边的竞争优势和自信心。她们得过且过，随波逐流。秋纹没什么争强好胜之心，也不会去管闲事，更不会立起眉毛要把比自己地位低的小丫鬟和仆妇撵出去。这一类的丫鬟，在贾府应该是大多数。

因此,晴雯的被撵和夭折,确实是奴隶主施威造成的一个女奴的悲剧;晴雯却难说是一个具有自觉反抗意识、追求自身解放的人物。

细读《红楼梦》第七十三回以后的故事就会发现,引发抄检大观园大悲剧的就是晴雯和芳官,其中起主导作用的是晴雯。

赵姨娘房内的丫鬟小鹊,忽然跑到怡红院说她听见赵姨娘在老爷跟前说了什么,让宝玉小心老爷第二天问他话。这让宝玉紧张起来,连夜温习功课,好对付第二天的盘问。整个怡红院的丫鬟们都陪着宝玉熬夜。芳官从后房门进来,说有人从墙上跳下来了。晴雯借此大做文章,说宝玉被吓着了,故意闹得王夫人都知道,并且进一步闹到了贾母那里。晴雯坚持说夜里有人跳墙。贾母因此发怒,下令严查,就查出了夜里聚赌的仆妇,并严厉处罚。随后,各路人马借势扩大矛盾,都想浑水摸鱼,最后还出了"痴丫头误拾绣春囊"的巧事。

如果没有前面的风波,邢夫人也许不至于立

刻给王夫人出难题；王夫人如果不是因为"跳墙事件"，宝玉受惊，贾母震怒，查赌获赃等连锁反应，也不至于立刻气急败坏地去找凤姐，还喝令"平儿出去"，含泪审问凤姐。邢夫人把绣春囊封起来交给她，无疑是给了王夫人一纸问责书：你们是怎么管理荣国府的？你们还有什么脸去面对老祖宗？

第七十三回，晴雯为解除宝玉读书之苦而无中生有的"跳墙事件"，在很短的时间里就发生了急剧的连锁反应。结果在抄检大观园之前，这把火率先烧到了晴雯自己的身上。王夫人原本未必会想到以往的一些堵心事，但是王善保家的几句谗言，立刻点燃了王夫人心中的熊熊怒火，让她想起往事，生出了灭晴雯之心。

在芳官说有人跳墙后，上夜的人们打着灯笼各处搜寻，并无踪迹，都说芳官一定是看花眼了。晴雯却站出来，振振有词地说："别放诌屁！……才刚并不是一个人见的，宝玉和我们出去有事，大家亲见的。如今宝玉唬的颜色都变了，满身发热，我如今还要上房里取安魂丸药去。太太问起来,是要回明白的,难道依你说就罢了不成!"晴雯多厉害,觉得自己跟太太是一头的,吓得众人都不敢吱声。其实,她要是真依了那些人的主张,不扬铃打鼓地乱折腾,也许不至于那么快把打击招惹到自己身上。

曹雪芹"一石三鸟"的构思非常精密,而且环环相扣,让节奏越来越快,还让读者体味出不止一个层次的内涵。他写出了晴雯悲剧的深刻性。这既是奴隶被奴隶主摧残的悲剧,也是一个完全没有忧患意识的奴隶的性格悲剧。同时,他也让我们想到,人的命运竟会那么诡谲,"搬起石头砸自己的脚"不但应验在很糟糕的人身上,有时也会应验在像晴雯这样的美丽聪慧而又烂漫任性的好姑娘身上。对人性,对人生,对世道,对天道,我们掩卷沉思,实在可以悟出很多很多。

又副册的第二位应该是袭人。

历来都有对袭人不以为然、撇嘴批判的人。她被指出的问题主要有三个:

第一，宝玉被贾政笞挞后，她去跟王夫人说的那些话，大意是：老爷也该管教管教宝玉，否则宝玉可能跟小姐丫鬟们出事情。这多虚伪啊！书里第六回就写了，她跟宝玉发生了肉体关系。她跟王夫人那么说，好像宝玉身边别的女性都是需要防范的危险人物，唯独她圣洁，唯独她能维护宝玉婚前的童贞。结果王夫人大为感动，对她大为赞赏。袭人也进一步确定了自己准姨娘的地位，获得破例的津贴。

第二，获得王夫人特别拨给的特殊津贴以后，她就常常去告密。抄检大观园后，王夫人撵了晴雯，又亲自逐一审问怡红院的丫鬟们。见了四儿（四儿原来叫蕙香，是宝玉给她改叫四儿的。她的生日跟宝玉是同一天），立刻点出来四儿曾说"同日生日就是夫妻"。这种怡红院里的玩笑话居然被王夫人知道了。王夫人说："打量我隔的远，都不知道呢。可知道我身子虽不大来，我的心耳神意时时都在这里，难道我通共一个宝玉，就白放心凭你们勾引坏了不成！"袭人就是王夫人在怡红院的

"心耳神意"。

第三，袭人多次表示，她跟定了宝玉，在王夫人面前也是以宝玉一生的守护神自居。第十九回，袭人跟宝玉说："你果然依了我，就是你真心留我了，刀搁在脖子上，我也是不出去的了！"宝玉一贯依着她，但她在宝玉还活着的时候就嫁给了蒋玉菡。高鹗续书，也把她写得很不堪，用"千古艰难惟一死"的诗句讥讽她。

对于袭人，从叙述的文笔里，看不出曹雪芹主观上的批判意味。曹雪芹把对有些角色的厌恶、贬讽，都直接流露在文本里了。这些角色中，最明显的是赵姨娘，再就是邢夫人。但他对袭人不是这样，甚至还恰恰相反。"情切切良宵花解语"这样的回目中，他把袭人当作宝玉生命中最切近的花朵来描写。曹雪芹虽然写凤姐的胆大妄为、泼辣狠毒时毫不手软，但总体而言，还是对她赞赏爱惜居多。他对袭人也是如此，虽然客观地写出了袭人人性的弱点，但总体还是肯定她的。

对袭人，历来的读者、评家提出过三个问题。

第一个问题：袭人是否虚伪？

你可以觉得她虚伪，但是我认为曹雪芹恰恰在写她的真诚。她真诚地觉得自己跟宝玉的性关系是合情合理的，真诚地认为宝玉也该由家长严格地管一管，真诚地觉得应该常常向王夫人汇报并有一说一，真诚地认为她所做的一切都是为了宝玉好。她在生活上对宝玉照顾得无微不至，换成任何一个别的人都难以达到。她已经成了宝玉除精神生活外全部俗世生活的依靠。她就是这样一个人物。我读了书里关于袭人的描写，懂得了有些人的真诚甚至比虚伪还要可怕。

第二个问题：袭人是否算个告密者？

其实，在回答第一个问题的时候就等于把这个问题回答了。她很真诚地认为那是汇报事实，不是告密。她并没有陷害谁的意思。她没有造谣，也没有夸大渲染，而且仅供王夫人参考。她心安理得。她确实没想到会出现撵晴雯，逐四儿、芳官等事情，也没想到宝玉会受这么大的刺激。后来，宝玉在万般无奈之下，把思路转向了宿命，转向了天人感应。院子里的海棠树死了半边,这被宝玉认为是晴雯不幸的预兆。对此,一贯温柔和顺、似桂如兰的袭人一下子火了,她说:"真真的这话越发说上我的气来了。那晴雯是个什么东西,就费这样心思,比出这些正经人来!还有一说,他纵好,也灭不过我的次序去。便是这海棠,也该先来比我,也还轮不到他!想是我要死了!"袭人理直气壮。她没有告密者的自我意识,也就没有相关的愧疚与忏悔。

第三个问题:袭人曾发誓,刀搁在脖子上也不会离开宝玉,为什么后来却嫁给了蒋玉菡?

袭人嫁蒋玉菡是八十回后的情节。高鹗写的情节只是代表了他的一种思路。我的探佚心得跟他很不相同。我的思路是这样的:八十回后,曹雪芹很快会写到皇帝追究荣国府为江南甄家藏匿罪产的事。贾府被第一次查抄后,贾母便在忧患惊吓中死去了。随后,荣国府被迫遣散大部分丫鬟仆人。负责查抄荣国府的是忠顺王,点名索要袭人——这是有点刀搁在脖子上的味道了。袭人人性中软弱苟且的一面占了上风，她没有以死抗拒，而是含泪而去了。

脂砚斋在一条批语中提到，宝钗和宝玉那时已经成亲，还在那一波抄家后被允许留下一个丫鬟。袭人临走的时候让他们好歹留着麝月。麝月在照顾宝玉生活方面颇有袭人精细谨慎的作风，书里有多次描写。麝月一贯低调，与各方面都没有矛盾，也不引人注意，被点名索要的可能性也不大。袭人让宝玉、宝钗尽可能留下麝月，自己好放心离开。

袭人是在荣国府遭受突然打击的情况下被迫离去的。她若以死对抗，只会把事情弄得更糟，甚至连累宝玉和整个荣国府。因此，你可以说她软弱，却不好说她自私、虚伪、忘恩负义。到忠顺王府后，因为忠顺王和他的儿子都想占有袭人，所以袭人被暂且安排在忠顺王府老太太跟前服侍。那时，忠顺王早从东郊紫檀堡逮回了蒋玉菡，并把他留在身边当玩物。后来，忠顺王为了拴住蒋玉菡，让他死心塌地为自己效劳，就把袭人赏给了蒋玉菡。

根据脂砚斋的批语还可以知道，袭人嫁给蒋玉菡后，还曾为陷于困境的宝玉、宝钗夫妇提供资助,并供养他们夫妇。在那个时代,戏子是低人一等的。袭人作为一个戏子的老婆,即使后来能长久地跟蒋玉菡在一起,也无法得到一般世人的尊重。袭人的人生理想是陪伴宝玉一辈子,但是这个理想破灭了,她也只能在回忆里,通过咀嚼往日的甜蜜,来度过以后的岁月。

第五回中,关于她的册页画了一簇鲜花和一床破席。"席"谐音"袭",象征她后来虽然表面上有光鲜的物质生活,实际上人生价值已经破产。总之,她也属红颜薄命。

又副册的第三位应该是鸳鸯。

关于鸳鸯,我不多说了,只想特别指出一件事。鸳鸯无意中撞见了司棋和潘又安。在当时社会,司棋竟然把外面的小伙子约到大观园里做那样的事,既违法又悖德,可以用骇人听闻和胆大包天来形容。鸳鸯不是一般的丫鬟,而是贾母身边最信赖的人。我们从贾母后来查赌的严厉程度,可以知道贾母的价值标准和行为准则。鸳鸯似乎天然应该跟贾母一个立场,绝不允许府里出现这种乱象,绝不允许既定的秩序被搅动破坏。面对司棋的行为，她能隐忍不报，就已经算非常出格了。

司棋并不是跟鸳鸯从小一起长大的。她应该是贾赦与邢夫人院子里的丫鬟，后来跟着迎春到这边来，跟鸳鸯没有老交情。可是，第七十二回，鸳鸯听说司棋病得很重，要被挪出去，就主动去司棋那里。她支出人去，反立身发誓："我告诉一个人，立刻现死现报！你只管放心养病，别白糟蹋了小命儿！"鸳鸯的人格光辉在这一笔里放射出了最强的光。在那个时代、那种社会、那样主流价值观的威严下，鸳鸯虽是家生家养的奴隶，却懂得任何一个生命，哪怕是比她自己地位还低一些的，都有追求自己快乐与幸福的天赋人权。这种意识是非常了不起的。这其实是曹雪芹自己的意识。这种意识在二百多年前的中国是超前的，在现在的中国也是先进的。

鸳鸯的结局，应该是在贾母死后，贾赦向她下毒手前，选择了自杀身亡。

又副册的第四位应该是小红。

前八十回里,小红上了两次回目。八十回后,她还会救助凤姐和宝玉,应该还会至少上一次回目。这说明,在曹雪芹对全书的构思里,小红是一个非常重要的角色。小红与贾芸能够有情人终成眷属,最后还有救助别人的能力,这说明他们在社会上也算站住了脚,难道这也算薄命吗?

小红的父亲是林之孝。贵族府邸的大管家,在主子得势的时候,即使不仗势欺人,也八面威风。可是,一旦大厦倾倒,大管家的结局就会非常惨。皇帝指派来抄家的官员一定会对其严加拷问。现实生活中,李煦家和曹家的管家都被拘押很久,反复提审,下场都很惨。

小红既然能救助凤姐和宝玉,更会救助自己的父母,但这样一来,就有被株连的风险。我们只能设想,贾芸和小红因为早有预感,早做准备,在贾府倾倒之前结为了夫妻。皇帝将贾家抄家治罪时,贾芸只是贾府的一个远亲;小红嫁给贾芸后已经不算贾府的人,一时不会被追究。他们虽然还有勉强维生的社会缝隙可以安身,但也一定在惊恐与担忧中过日子。小红就算躲过了被打、被杀、被卖的大劫，却依然是一个悲情女子。

又副册的第五位应该是金钏，第六位应该是紫鹃，第七位应该是莺儿，第八位应该是麝月。

第二十回，袭人病后，宝玉房里的丫鬟们全出去玩了，麝月却自觉地留在屋里照看，让宝玉觉得她"公然又是一个袭人"。后来宝玉给她篦头，被晴雯撞见，遭到讥讽。脂砚斋批语说："闲上一段儿女口舌，却写麝月一人。在袭人出嫁之后，宝玉、宝钗身边还有一人，虽不及袭人周到，亦可免微嫌小弊等患，方不负宝钗之为人也。故袭人出嫁后云'好歹留着麝月'一语，宝玉便依从此话。可见袭人出嫁，虽去实未去也。"这条批语透露了八十回后的情节，很珍贵。

这一段稍前头一点，还有一条署名畸笏的批语很有意思。这条批语不但有署名，还写下了落笔的时间——丁亥夏。畸笏，应该是畸笏叟的减笔。这个人和脂砚斋究竟是一个人还是两个人，红学界一直有争论。这个话题讨论起来很麻烦，在这里不枝蔓。据专家考证,丁亥年是乾隆三十二年(1767)。曹雪芹去世的时间是1763年或1764年。在这位畸笏写批语的时候,曹雪芹肯定已经不在了。

这条批语写了:"麝月闲闲无语,令余酸鼻,正所谓对景伤情。"我们看书里的具体描写可以发现,麝月说了不少话,并不是"闲闲无语"。这条批语给人的感觉是:书外的麝月,跟批书的人待在一起。批书的人批到这个地方时,把书里的内容念给她听。麝月坐在旁边,静静的,什么也没做,什么也没说,可能只是在回忆,在沉思。于是,批书的人鼻子就酸了。"对景伤情",指麝月把书里的描写和眼前的景况加以对比、联想,难以自控。

这条重要的批语起码传递了三个信息:第一,麝月实有其人。书里关于她的事情,基本上都是实际发生过的;第二,生活的真实里,麝月最后经过一番离乱,到头来还是跟写书的人、批书的人遇上了,还在一起生活了;第三,在书里第二十回,麝月看守屋子,宝玉跟她说话,麝月打开头发让宝玉给她篦头时遭遇晴雯的讥讽等情节,都是有场景原型、细节原型的。

也许,生活的真实里,这个女性并不叫麝月。但是,麝月的生活原型就是她。两个人的性格很一致。书里的麝月基本是安静的、喜怒不形于色的;书外的麝月原型,在经历了大的劫波后,虽然又遇到了写书的人和批书的人,但写书的人已经死了,她和批书的人相依为命。看着前途茫茫,她欲哭无泪,闲闲无一语。

又副册的第九位应该是司棋。

关于司棋,我只强调一个细节。第二十七回,大观园的女儿们饯花神,满园热闹。小红,那时还叫红玉,为凤姐办完事取来小荷包,回到园子里凤姐支使她的山坡上找凤姐复命。可是,凤姐已经不在那里了。这时候,她就看见司棋从山坡上的山洞里出来,站着系裙子。她就赶上去问:"姐姐,不知道二奶奶往那里去了?"司棋回答:"没理论。"

我们从这个细节里可以知道:第一,虽然大观园的建筑和园林都很美,但是卫生设施还相当落后。第五十四回，宝玉晚上走过山石后头，撩起衣服小解。这个细节就意味着司棋刚在山洞里方便完。第二，这个细节可以让读者知道司棋在作风上是比较随便的，也初步透露出这个爱把头发蓬松地梳得很高的、身材高大丰壮的丫鬟，有着独特的性格。第三，这也是个伏笔。司棋把园子里的山洞和僻静角落勘探得非常仔细。后来，她约潘又安进园子里偷情，也是准备得很充分的。这本来应该是万无一失的。但是，第七十一回还是出现了"鸳鸯女无意遇鸳鸯"。这并不是鸳鸯想盘查什么，而是碰巧内急，大观园的卫生设施又很欠缺，所以不得不寻个僻静的角落去方便一下罢了。

在司棋身上，曹雪芹也写出了人性的复杂。第六十一回，她派丫鬟小莲花儿去问管厨房的柳家的要碗炖得嫩嫩的鸡蛋。柳家的抱怨了一番。她听了小莲花儿的学舌，伺候完迎春吃饭，就带领一群小丫鬟跑来，对厨房实行了彻底的打砸。司棋如此蛮横，不只是因为嘴馋，实际上是要夺取厨房的控制权，把柳家的换成能充分地为她的利益效劳的秦显家的。这场争夺战似乎都已经尘埃落定，秦显家的都进驻厨房半天了，却没想到风云突变，最后厨房还是柳家的掌管。司棋气了个仰翻，却也无计挽回，只得罢休。司棋确实也不是个善茬子。她被撵出去后的结局，按高鹗续书的写法，是和潘又安双双殉情而死。这还是比较合理的。

又副册的第十位应该是玉钏。

玉钏是金钏的妹妹。她和她姐姐，以及前面提到的紫鹃、莺儿一样，在前八十回里都是上了回目的，各有自己的重头戏。她们的情节都比较单纯，好懂，我不再多说。紫鹃、莺儿和玉钏等丫鬟，在贾府被查抄治罪后，都会被当作"罪产"处理，或被皇帝赏给负责查抄的官员，或被公开拍卖。真令人不寒而栗。

又副册的第十一位应该是茜雪。

茜雪无辜被撵后，坠落到社会的最底层，嫁给马贩子王短腿了。在第二十四回"醉金刚轻财尚义侠"中，醉金刚把银子给了贾芸后，说还有点事不回家了，让贾芸给他家带个信儿，叫家里人早点关门睡觉。家里倘或有重要的事情，叫他女儿明天一早到马贩子王短腿家去找他。尚义侠的人的朋友，也是讲义气的人。王短腿这个角色，不会是随便一笔，应该也是八十回后要出场且会起作用的。后来，王短腿不再贩马，当了狱卒。茜雪之所以能不念旧恶，到狱神庙去安慰宝玉，应该是因为她的丈夫是看守监狱的，能给她提供便利条件。

又副册的第十二位应该是柳五儿。

柳五儿是管内厨房的柳嫂子的女儿。书里说："虽是厨役之女，却生的人物与平、袭、紫、鸳皆类。"她十六岁了，一直想到怡红院里当丫鬟。经芳官推动，宝玉也很愿意。这件事几乎就要成功了。但是，在大观园几个利益集团的争斗中，柳五儿受了许多委屈，最终还是好梦成空。第七十七回，抄检大观园后，王夫人训斥芳官，说她调唆宝玉。芳官辩解说："并不敢调唆什么。"王夫人恨她犟嘴，就举出她调唆宝玉要柳五儿的例子说："幸而那丫头短命死了，不然进来了，你们又连伙聚党遭害这园子呢。"可是,在高鹗的续书里,柳五儿竟然还活着,并且成了宝玉的丫鬟,还被宝玉当作晴雯"承错爱"。这自然是胡写了。

曹雪芹写柳五儿最出彩的一笔,是她跟芳官说自己病好了些,有些精神,就偷着到大观园里去逛逛,结果因为害怕被盘查,不敢往里头走。"这后边一带,也没什么意思,不过见些大石头、大树和房子后墙,正经好景致也没看见。"这把咫尺天涯的人生处境写出来了。大观园啊大观园!里面的丫鬟们怕被撵出来,外头的女孩们想钻进去。难道那真是个人间乐园吗?曹雪芹用他那枝生花妙笔写出了园内园外这些女子的悲剧人生,令我们扼腕叹息,令我们深思时代、社会、人生、人性、命运。

情榜

古本《石头记》在第十七、十八回讲到妙玉的时候，出现了一条署名"畸笏"的很长的批语，内容是："妙卿出现。至此细数十二钗，以贾家四艳，再加薛、林二冠，有六；去秦可卿，有七；再凤，有八；李纨，有九；今又加妙玉，仅得十人矣。后有史湘云与凤姐之女巧姐儿者，共十二人。雪芹题曰'金陵十二钗'，盖本宗《红楼梦十二曲》之义。后宝琴、岫烟、李纹、李绮皆陪客也，《红楼梦》中所谓副十二钗是也。又有副册三断词，乃晴雯、袭人、香菱三人而已，余未多及，想为金钏、玉钏、鸳鸯、茜雪、平儿等人无疑矣。观者不待言可知，故不必多费笔墨。"虽然这条批语把副册、又副册混说为副册，但整体意思很清楚。

隔了一条专评妙玉的话，又有一条批语说："前处引十二钗，总未的确，皆系漫拟也。至末回警幻情榜，方知正、副、再副及三、四副芳讳。壬午季春。"壬午年是乾隆二十七年（1762），那一年春天，曹雪芹还在世，并且完成了最后一回的情榜。

曹雪芹在设计金陵十二钗的名单上殚精竭虑，来来回回地调，甚至一度主张把书名定为"金陵十二钗"。畸笏叟虽然跟他关系很密切，但是直到看见他写出的情榜，才终于知道他究竟是怎么把书中众多的女子分成几组排列起来的。已经看到了情榜的批书的人说，曹雪芹排出的金陵十二钗除了正册、副册、又副册，还有三副册、四副册。

虽然脂砚斋和畸笏叟究竟是一个人还是两个人，在红学界一直有争议，但是，古本《石头记》里的批语有一个约定俗成的称呼——"脂批"。红学的分支"脂学"，就是专门研究这些古本上的批语的。我们根据脂批，不仅可以知道《红楼梦》全书的最后有一个情榜，而且可以知道入情榜的人都是"金钗"，即都是女子。她们十二人一组，每一组构成一个册子。除了上面我们已经探究过的正册、副册、又副册，很明确还有第四个册子三副册以及第五个册子四副册。那三副册和四副册究竟会收入哪些女子呢？

我们先探究三副册中的女子。

三副册应该会有抱琴、待书、入画。贾府的四位小姐，就是畸笏叟所说的"贾家四艳"，她们身边大丫鬟的名字里各有"琴棋书画"四个字，这象征着贾府的小姐们都很有文化修养。探春擅长书法；惜春擅长画画，她画画的情节还是书里十分重要的情节；迎春喜欢下棋，第七回周瑞家的送宫花时，她就正在跟探春下棋；元春可能会弹古琴，这或许也是她获得皇帝宠爱的一个因素。抱琴跟她入了宫，可能就专门伺候她弹琴。"贾府四艳"的四个首席大丫鬟分别是抱琴、司棋、待书、入画。司棋在曹雪芹笔下着墨颇多。我推测既然司棋已被又副册收入了,那抱琴、待书、入画应该是在三副册。待书,在通行本里被印成了"侍书"。经查古本,我认为还是应该写作待书。

三副册应该会有彩霞。彩霞是王夫人跟前的一个丫鬟,跟贾环要好,但贾环却对她三心二意。第七十二回"来旺妇倚势霸成亲"里,凤姐的亲信仆人来旺让老婆出面讨她,要强娶为儿媳妇。来旺的儿子酗酒赌博,而且容貌丑陋,但是凤姐发了话,她没办法,只好嫁过去。赵姨娘求了贾政,希望留下她,日后自己也得个臂膀。无奈贾政对此十分冷淡,赵姨娘也回天无力。她在书里出现了两个名字,一个是彩云,一个是彩霞;这两个名字有时候还出现在同一段故事情节里,但两个名字实际是指一个角色。之所以名字不稳定,应该是因为曹雪芹还来不及对全书做最后的统稿。书里交代她还有个妹妹叫小霞,所以她应该被定名为彩霞。

三副册应该会有素云。她是李纨的丫鬟,地位高于碧月。第七十五回,尤氏到了稻香村,要洗个脸补补妆。李纨是寡妇,不施脂粉,素云就拿来自己的妆奁请尤氏将就着用。李纨就训斥她说:"我虽没有,你就该往姑娘们那里取去。怎么公然拿出你的来。"尤氏说她并不介意,就用了。素云如果不是首席大丫鬟,就不会有这样的举动。她如果在又副册里,就需要把我排出的又副册的女子去掉一人,比如把柳五儿移到三副册中来,把她移到又副册。但是,畸笏叟的那条批语也只是猜测,"总未的确"。对于某人在何册的问题,畸笏叟也是壬午季春看了情榜才终于明了。如果素云入不了又副册,那么三副册里应该有她。

三副册应该会有翠缕。她是史湘云的丫鬟,和史湘云一起论过阴阳。主仆二人的一问一答非常有趣。她们论到最后,拣到了一只金麒麟,这是给大家印象很深的一个情节。翠缕本来是贾母的丫鬟,后来被贾母送给了史湘云。史湘云回叔叔婶婶家,就把她带了过去,她就算是那里的人了。在史湘云到祖姑家这边来做客时,翠缕就再跟过来伺候。

三副册应该会有雪雁。她跟着黛玉从扬州北上,到贾府时,贾母看她年龄太小,一团孩气,才把自己的一个比较成熟的丫鬟鹦哥给了黛玉。虽然书里没有明文交代,但读者都能意会到,鹦哥后来更名为紫鹃,成为黛玉的首席大丫鬟,最后更成为黛玉的知心朋友。不过,雪雁毕竟是跟随黛玉一起到贾府里寄人篱下的丫鬟,她也会在一天天长大的过程中,一天天走向随贾府陨灭的悲剧结局。

三副册应该会有秋纹、碧痕、春燕、四儿。宝玉身边的丫鬟最多。第六十三回"寿怡红群芳开夜宴"中,宝玉房里的丫鬟们凑份子给他另外单搞了一次庆寿活动,出份子的数额是按地位来定的:袭人、晴雯、麝月、秋纹四个一等大丫鬟拿五钱银子;芳官、碧痕、春燕、四儿四个二等丫鬟拿三钱银子。

宝玉的丫鬟,还有叫媚人、檀云、绮霰的。檀云和麝月的名字是配对的,绮霰和晴雯的名字也是配对的。通行本把"绮霰"写成"绮霞",是不对的。但媚人、檀云和绮霰,有的只出现了一次;有的虽然出现不止一次,但在八十回里都没什么戏份。脂批也没透露出她们在八十回后会有什么故事。既然又副册里已经收入了晴雯、袭人、麝月,秋纹、碧痕、春燕、四儿就应该收到三副册里。她们在前八十回里都有一些戏份。

秋纹虽然也常常以自己是宝玉房里的丫鬟而流露出优越感,也向比她地位低下的丫鬟婆子出言不逊,但她的性格总体还是比较平和的,不像晴雯那么桀骜不驯。她的人生追求也比较肤浅,在与地位差不多的人相处时比较能退让。最能体现她随遇而安、满足于主子小恩小惠的文字,集中在第三十七回。曹雪芹把她的性格与晴雯、麝月、袭人做了鲜明对比,最后晴雯、麝月把袭人"西洋花点子哈巴儿"的绰号说了出来。袭人当然生气。对此,秋纹立即道歉。

碧痕是负责伺候宝玉洗澡的。有的古本把她的名字写成"碧浪"。有的红学专家认为她的名字就是碧浪。别的丫鬟曾说,她有一次伺候宝玉洗澡竟洗了三个时辰。他们把洗澡水弄得到处都是,让水淹了床腿,还弄得席子上都汪着水。

小燕,就是春燕。第五十九、六十回有她不少戏。宝玉说的女孩子从无价宝珠变成死珠再变成鱼眼睛的名言,就是经由她的口说出来的。

四儿,就是蕙香。第二十一回,她趁宝玉跟袭人等赌气的机会接近宝玉。宝玉嫌她名字俗气,让她改叫四儿。她跟宝玉生日相同,还说了生日相同就是夫妻的戏言,被告密给王夫人,后来被王夫人撵了。

三副册还有一钗应该是小螺。小螺是薛宝琴的丫鬟。她抱着一瓶梅花站在雪坡上的情景,是书中最美丽的画面之一。

我认为四副册收入了"红楼十二官",即贾府为了准备元春省亲,由贾蔷到江南买来的十二个女子。其中戏份最多的是龄官和芳官。龄官和贾蔷之间是有真正的爱情的,这种爱情超越了主奴关系。宝玉到梨香院时耳闻目睹,大为感动,也因此憬悟:人与人之间的感情,特别是爱情,有其神秘性,有命中注定的一面。

龄官是一个很了不起的女子。在元妃省亲这么重要且具有政治意义的活动里,主子命令她唱《游园》《惊梦》两出。她自以为这两出戏非本角之戏，执意不演，自己选定了风格完全相反的《相约》《相骂》。我读到那一段，对龄官肃然起敬，这真是大艺术家才有的忠于艺术、不畏权贵的气派。

遣散这些唱戏的女孩子时，除了死了的药官，有八位选择了留下，龄官、宝官和玉官三位选择离开。龄官应该是被贾蔷接走了。对此，曹雪芹没有在八十回里明写，八十回后应会有交代。

芳官是书里戏份集中，而且塑造得极为生动的角色，后来被分配到怡红院当丫鬟。她的干娘拿着她的银子，却不使在她的身上，不仅不好好给她洗头，甚至还打骂她。"那芳官只穿着海棠红的小棉袄，底下丝绸撒花裌裤，敞着裤腿，一头乌油似的头发披在脑后，哭得泪人一般。"她跟内厨房的柳嫂子交好，竭力要帮助柳五儿进到怡红院。她跑到厨房去传话。书里写道："忽见芳官走来，扒着院门。"这里的肢体语言很生动。她笑着跟柳家的说话。第六十三回，寿怡红群芳开夜宴，又有专为她写的一段白描："当时芳官满口嚷热，只穿着一件玉色红青酡绒三色缎子斗的水田小夹袄,束着一条柳绿汗巾,底下是水红撒花夹裤,也散着裤腿。头上眉额编着一圈小辫,总归至顶心,结一根鹅卵粗细的总辫,拖在脑后。右耳眼内只塞着米粒大小的一个小玉塞子,左耳上单带着一个白果大小的硬红镶金大坠子,越显得面如满月犹白,眼如秋水还清。"她真是从纸上活跳了出来。

宝玉还把她打扮成小土番的模样。芳官还说:"咱家现有几家土番。"那时,皇帝出征平息了番邦叛乱,把一些俘虏的土番赏给贵族家庭当粗使仆役。宝玉因此给她取了一个番名"耶律雄奴"。后来,宝玉又将她的番名改为"温都里纳",据说是用了"海西弗朗思牙的金星玻璃宝石"的译音。总之,芳官给读者留下的印象是鲜明生动的。

这个艺术形象的外延性很强,可以做专题研究,并且能够得出丰富的成果。抄检大观园后,王夫人斥责芳官调唆宝玉时,芳官敢于当面笑辩。她后来入了尼庵。但是,她那种浪漫不羁的性格,早晚会跟庵主发生冲突。她最终的结局,除了具有悲剧性，具体的情况就不得而知了。

其余的七官，文官后来分到贾母处，藕官分给了黛玉，蕊官分给了宝钗，葵官分给了史湘云，艾官分给了探春，荳官分给了宝琴，茄官分给了尤氏。这些女孩子相当团结，只要一人有难，就能群体相帮，而且敢于为群体利益向主子进言，艾官就在探春面前告对手的状。她们作为丫鬟，在大观园内外存在的时间虽然短暂，却显示出了不同于那些"常规丫鬟"的特殊风采。她们整体作为四副册的"金钗"，是说得过去的。

是不是情榜中的女子只有这五组六十名呢？一些专家，如周汝昌先生就提出来，不止这五组，还有四组，一共是九组，共有一百零八名女性。有的人会觉得，一百零八，这不落套了吗？《水浒传》中梁山泊英雄排座次不就排出了一百单八将吗？这不是落套。从《红楼梦》的文本里，可以鲜明地看出来，曹雪芹刻意创新，但是没有割断和在他之前的文化源流之间的关系，他写宝玉和黛玉如何从《西厢记》《牡丹亭》里获取思想滋养，用很多古典戏曲来暗示人物命运、故事走向以及全书的结局。至于曹雪芹对以前的杰出的文章诗词的融会贯通，更是渗透在了整个文本当中。他虽然借鉴《水浒传》排座次的外在形式，但是，《水浒传》的一百零八个英雄豪杰中只有寥寥几个点缀性的女子，基本上是个被男性垄断的群体，而他在全书最后排出的情榜，除了册外的贾宝玉，全是女子世界。在那个时代，那种社会，那样的主流意识形态下，他的做法绝对是惊世骇俗的，是对男权社会的挑战，是别开生面的艺术构思。他将每组女子的数目定为十二，光这一点就跟《水浒传》英雄榜的结构完全不同，具有鲜明的独创性。

从我们读完《红楼梦》前八十回的印象来说，光是五组六十名女子，容纳不下书里诸多的女儿形象。我对有九组一百零八位"金钗"的看法是认同的。那么，如果继续往下排，下面的四个册子里还会收入书里的哪些女子呢？

五副册，即第六个册子，应该有以下这些女子：

二丫头。第十五回，凤姐带着宝玉、秦钟，一起到一处村庄里略事休息。宝玉见了种种事物都觉得异常新鲜，后来见有一个纺车，就过去拧转作耍。一个十七八岁的村庄丫头，跑了来乱嚷："别动坏了！"宝玉就陪笑说，因为从没见过，试他一试。那丫头说："你们那里会弄这个，站开了，我纺与你瞧！"那边老婆子忽然叫："二丫头，快过来！"二丫头也就去了，对宝玉并不礼貌。但是，在凤姐带他们离开时，曹雪芹却写下了这样的文字："一时上了车，出来走不多远，只见迎头二丫头怀里抱着他小兄弟，同着几个小女孩子说笑而来。宝玉恨不得下车跟了他去，料是众人不依的，少不得以目相送。"宝玉怎么会"恨不得下车跟了他去"呢？曹雪芹写宝玉恋恋不舍，也该算把宝玉的心情写足了，但他偏写成宝玉恨不得抛弃他全部的既有生活，而跟二丫头那样的庄户姑娘去过另一种生活。这是值得我们认真思考的。在写到二丫头的时候，有一条脂批说："处处点情。又伏下一段后文。"估计八十回后会有宝玉跟二丫头在某种情况下再次相遇的情节，那应该是特别有意味的一种安排，但是我们现在已经看不到了。

卍儿。这是在第十九回里和宝玉的首席小厮茗烟发生关系的一个宁国府的丫鬟。茗烟又被写作焙茗。宝玉记得宁国府的一间小书房里有一轴美人，忽生奇想：府里这么热闹，那画上美人却很寂寞，应该去看望安慰她一下。这是宝玉的特殊人格。他对本是不懂感情的事物也会充满感情。结果，他去那里，就撞见了茗烟和卍儿。宝玉虽然责备茗烟，却跺脚催促发蒙的卍儿赶快跑。他还赶出去说："你别怕，我是不告诉人的。"卍儿后来应该是嫁给茗烟了。

瑞珠和宝珠。她们是两个在秦可卿淫丧天香楼后相继有怪异表现的丫鬟。前面说过她们的事，这里不重复了。

智能儿。她是一个能大胆追求爱情的尼姑。她和秦钟在馒头庵发生关系后，又勇敢地偷跑进城去找秦钟。这说明，她并不是一个满足于露水姻缘的轻浮女子，而是一个对爱情有一份真诚执着的女子。但是，她最后却被秦钟的父亲赶了出去，不知所终。

云儿。她在第二十八回出现在冯紫英家的宴会上,还唱了曲。这是前八十回里出场的唯一一个妓女。

青儿。她是刘姥姥的外孙女儿,也是板儿的妹妹。她在八十回后应该还会出现。

几位荣国府里的丫鬟应该也在这一册。她们分别是:宝玉房中的小丫鬟佳蕙,和小红在第二十六回有非常重要的对话;绣橘,在第七十三回"懦小姐不问累金凤"里有出色表现,虽然她的小姐迎春很懦弱,但她还算是比较厉害的一个丫鬟;翠墨,是探春的丫鬟;彩屏,是惜春的丫鬟;坠儿,在前面讲晴雯、小红的时候已被提及。

以上是五副册的十二钗。

六副册,即第七个册子,应该有以下这些女子:

琥珀,是贾母的丫鬟。春纤,是黛玉的丫鬟。碧月,是李纨的丫鬟。佩凤、偕鸳、文花,都是贾珍的妾。偕鸳在通行本中被写成"偕鸾"。第六十三回有几句写她们两个一起打秋千玩耍的细节,后来还引出很多的题咏,被画成"绣像",是很有意思的一个女子。靛儿,是贾母的丫鬟。第三十回"宝钗借扇机带双敲"的故事发生在贾母住处。靛儿只不过问了一句藏没藏她的扇子,就被宝钗声色俱厉地说了一顿。此外,六副应该还有宝玉的丫鬟媚人、檀云、绮霰、可人、良儿。

七副册,即第八个册子,应该有以下这些女子:

张金哥,是"王熙凤弄权铁槛寺"的直接受害者。

红衣女子,是袭人的姨表妹,在第十九回引出宝玉和袭人的一段重要对话。脂砚斋也有大段批语。在八十回后,这位红衣女郎或许还会出现,并在宝玉的生活中起到某种救助的作用。

周瑞的女儿,后来嫁给了冷子兴。

娇杏,是贾雨村的填房夫人。曹雪芹在第一回将她的遭遇与甄英莲对比,说她"命运两济"。但是,贾雨村最后的结局并不妙。在第一回末尾,甄士隐的《好了歌注》写有:"因嫌纱帽小,致使枷锁扛。"对此,脂批明白地点出:"贾赦、雨村一干人。"可见,她开始的"命运两济"只不过是"侥幸"中的假象。到头来,她也还是个"犯官之妻"。

丰儿,是凤姐的丫鬟。银蝶,是尤氏的丫鬟。莲花儿,是迎春的丫鬟,为司棋向内厨房的柳嫂子要炖鸡蛋,引出一场风波。蝉姐儿,探春的丫鬟。炒豆儿,是尤氏的丫鬟。小鹊,是赵姨娘的丫鬟。臻儿,是香菱的丫鬟。嫣红,是贾赦逼娶鸳鸯不成,用八百两银子买来的一个十七岁的姑娘。

八副册,即第九个册子,也是最后一个册子,应该有以下这些女子:

夏金桂和她的陪嫁丫鬟宝蟾,都是折磨香菱至死的人;秋桐和善姐,都是凤姐迫害尤二姐的自觉或不自觉的帮凶,这四人充分暴露了人性中的邪恶,也都没有什么好下场。她们的薄命或许不能引起我们的同情,但是能让我们悟出一个道理:把她们人性中的邪恶挑动起来,并且纵容其膨胀的,还是当时社会的主流势力,这份罪恶不能只算在她们个人身上。

鲍二家的、多姑娘，是两位淫荡的女子。多姑娘又写作灯姑娘，是晴雯的姑舅表嫂。她们的堕落也不仅是个人的品质使然。在男权社会里，男主人、男仆都把她们视为玩物，她们也是那个时代的牺牲品。

小霞，是彩霞的妹妹。小吉祥儿，是赵姨娘的丫鬟，曾为参加丧葬活动向雪雁借衣服被拒绝。小鸠儿，是春燕的妹妹。小舍儿，是金桂的丫鬟。倪二的女儿。从醉金刚倪二的上回目可知，曹雪芹对这"跳色"的市井泼皮相当重视。倪二的女儿以及王短腿，都保不定会在八十回后亮相。傻大姐是最后一钗，是贾母的粗使丫鬟。她拾到绣春囊，惹出一场急风暴雨。清代晚期的评家更有"傻大姐一笑死晴雯"之说。其实她只是傻笑。

仔细梳篦八十回的文字就会发现，还有一些小丫鬟、小姑娘似乎也应该收入册子。比如，贾母的丫鬟还有玻璃、翡翠、玛瑙。珍珠被贾母送给了宝玉，改名袭人，但是贾母后来似乎又补了一个叫珍珠的丫鬟。还有一个丫鬟叫鹦鹉，如果不是后来改叫紫鹃的鹦哥,应该就是另一个丫鬟。此外,宝玉还有一个丫鬟叫紫绡,宝钗还有一个丫鬟叫文杏,王夫人还有丫鬟叫绣鸾、绣凤,薛姨妈还有丫鬟叫同喜、同贵,贾赦还有一个妾叫翠云,邢岫烟有一个丫鬟叫篆儿。第六十二回给宝玉拜寿的丫鬟还有一个叫彩鸾,但不知是哪一处的。还有卜世仁的女儿、贾芸的表妹银姐等。也许,我上面列出的某些女子,应该分别由这里面的某些换下来。

曹雪芹在第五回对这些女子进行了一系列的悲剧性概括。警幻仙姑的唱词是:"春梦随云散,飞花逐水流。寄言众儿女,何必觅闲愁!"金陵十二钗的册子全都存放在薄命司。警幻仙姑给宝玉喝的茶叫"千红一窟"(千红一哭),给宝玉喝的酒叫"万艳同杯"(万艳同悲)。这是曹雪芹为当时社会的青春女性被那时的主流价值观念压抑、埋没、吞噬、污染、扭曲深深叹息,无限悼怀。

在揣摩曹雪芹设计的情榜的过程中,我不由得想起鲁迅先生在《我之节烈观》的结尾写下的那些话:

他们是可怜人;不幸上了历史和数目的无意识的圈套,做了无主名的牺牲。可以开一个追悼大会。

我们追悼了过去的人,还要发愿:要自己和别人,都纯洁聪明勇猛向上。要除去虚伪的脸谱。要除去世上害己害人的昏迷和强暴。

我们追悼了过去的人,还要发愿:要除去于人生毫无意义的苦痛。要除去制造并赏玩别人苦痛的昏迷和强暴。

我们还要发愿:要人类都受正当的幸福。

鲁迅先生是在1918年7月写下这些话的。这是二十世纪刚刚出现的白话文之一。他写这篇文章的时候,五四运动还没有爆发。那时还没有"女"字边的"她"。他在写女性的第三人称时,仍然用"人"字边。这个细节,让我想到中国妇女的命运,从曹雪芹写《红楼梦》,到鲁迅先生写《我之节烈观》,基本上没有什么改变。他们的心是相通的。把鲁迅先生的这段话拿来诠释《红楼梦》最后的情榜,我觉得严丝合缝。

曹雪芹透过《红楼梦》所表达出来的,不仅是社会学方面的深刻思考,还有哲学方面的终极思考。甲戌本在开篇不久就有一首诗:

> 浮生着甚苦奔忙?盛席华筵终散场。
> 悲喜千般同幻渺,古今一梦尽荒唐。
> 谩言红袖啼痕重,更有情痴抱恨长。
> 字字看来皆是血,十年辛苦不寻常!

根据脂批可以知道,曹雪芹不但在全书末尾排出了情榜,而且还给上榜的角色加了考语。宝玉是"情不情",黛玉是"情情"。曹雪芹究竟是只给正册的女子加了考语,还是给副册、又副册的女子全加了带一个"情"字的考语?还是给六十位或者一百零八位女子全加了考语?这是一个值得再探讨的问题,我暂不在这里跟大家讨论。我目前只给正册、副册、又副册里的女子试拟了考语,也算是我的探佚成果吧。除了曹雪芹在第五回里已经写出的女子，其余的都仅是我的猜测。我也欢迎红迷朋友们按照自己的判断，对我排出的名单加以调整。

最后，我把自己列出的情榜公布于下。

情　榜

绛洞花王

贾宝玉　　　情不情

金陵十二钗正册

林黛玉　　　情情

薛宝钗　　　冷情

贾元春　　　宫情

贾探春　　　敏情

史湘云　　　憨情

妙　玉　　　度情

贾迎春　　　懦情

贾惜春　　　绝情

王熙凤　　　英情

巧　姐	恩情
李　纨	槁情
秦可卿	情可轻

金陵十二钗副册

甄英莲	情伤
平　儿	情和
薛宝琴	情壮
尤三姐	情豪
尤二姐	情悔
尤　氏	情外
邢岫烟	情妥
李　纹	情美
李　绮	情怡
傅秋芳	情隐
喜　鸾	情喜
四姐儿	情稚

金陵十二钗又副册

晴 雯		情灵
袭 人		情切
鸳 鸯		情拒
小 红		情醒
金 钏		情烈
紫 鹃		情慧
莺 儿		情络
麝 月		情守
司 棋		情勇
玉 钏		情怨
茜 雪		情谅
柳五儿		情失

金陵十二钗三副册

抱 琴

待 书

入 画

彩 霞

素 云
翠 缕
雪 雁
秋 纹
碧 痕
春 燕
四 儿
小 螺

金陵十二钗四副册
龄 官
芳 官
文 官
藕 官
蕊 官
葵 官
艾 官
荳 官
茄 官

茚 官
宝 官
玉 官

金陵十二钗五副册
二丫头
卍 儿
瑞 珠
宝 珠
智能儿
云 儿
青 儿
佳 蕙
绣 橘
翠 墨
彩 屏
坠 儿

金陵十二钗六副册

琥珀

春纤

碧月

佩凤

偕鸳

文花儿

靓儿

媚人

檀云

绮霰

可人

良儿

金陵十二钗七副册

张金哥

红衣女

周瑞女

娇杏

丰　儿

银　蝶

莲花儿

蝉姐儿

炒豆儿

小　鹊

臻　儿

嫣　红

金陵十二钗八副册

夏金桂

宝　蟾

秋　桐

善　姐

鲍二家的

多姑娘

小　霞

小吉祥儿

小鸠儿

小舍儿

倪二女

傻大姐

红楼眼神

下死眼

小红是曹雪芹笔下一个极诡谲的形象。她大名叫林红玉，是荣国府大管家林之孝的女儿。

荣国府本有大管家赖大。赖大的母亲是赖嬷嬷。她在故事开始时仍健在，还常到府里来给贾母请安或跟贾母打牌。荣国府有赖大、赖大家的一对世仆充当管家应该就够了，却偏又还有林之孝、林之孝家的这一对似乎非世仆的夫妇也担任大管家，而且这两个人一个天聋、一个地哑。

宁国府的地位比荣国府高，在书里也只出现了赖升一个大管家。难道荣国府人丁比宁国府兴旺，因此需要多设一对大管家？

有的古本上，林之孝的名字本来写成秦之孝。后来，"秦"字被点改为"林"字。林红玉若姓林，与林黛玉重姓；若姓秦，则似又与秦可卿有某种关联。曹雪芹写得非常扑朔迷离。"秦"在书里不是好字眼。贾宝玉随贾政初游大观园时，有位清客在题咏时忆起古诗"寻得桃园好避秦"，建议用"秦人旧舍"作匾。宝玉道："这越发过露了。'秦人旧舍'说避乱之意，如何使得？"这样的文句显然绝非闲文赘笔。

难道书里姓秦的人都有"避乱"之嫌？

除了秦可卿，在大观园西南角上守夜的秦显家的，被林之孝家的拉来要顶替柳家的充当内厨房主管。但是，平儿因为对秦显家的不熟，便没答应。林之孝家的为何推荐秦显家的？莫非林之孝本姓秦，后为更稳妥地"避乱"而改姓林？林之孝或许正是为了"避秦"，才天聋地哑地低调生存。林之孝家的已是一成年妇人，却偏去认年轻媳妇王熙凤为干妈。他俩明明手中有权，完全可以把女儿安排得地位高些，却偏把林红玉安排在怡红院里，先是看守空屋子，后来宝玉带一群人入住后，也只是个管浇花、喂鸟、烧茶炉子的三等丫鬟，多次被一、二等丫鬟晴雯、碧痕等人挤兑。总而言之，林红玉从出身设计上，就谜团重重。

从林红玉的名字来说，姓氏重了黛玉，名字更与宝、黛二位相犯。第二十七回，王熙凤初听到就皱眉撇嘴："讨人嫌的很！得了玉的益似的，你也玉，我也玉。"这就更让人觉得林之孝夫妇不像赖大夫妇，不属于家生家养。如果他们是家生家养，不至于给女儿取名字时非重几位主子名字里的"玉"字。他们可能是在已经有了女儿，且给女儿取好了名字后，才因某种机缘来到了荣国府。

更值得探究的是，书里用不少笔墨写林红玉和贾芸的爱情。林红玉后来简称小红。"红"字不仅与"怡红院"重合，更与"绛芸轩"暗合（"绛"就是红色）。"绛芸轩"是宝玉给自己居处取的名字。早在跟着贾母住的时候，他就把自己的房间叫"绛芸轩"，搬到怡红院后仍沿用了这个名字。"绛"若是暗指小红,"芸"则可以理解为暗指贾芸。

根据古本里署名脂砚斋和畸笏叟的某些批语可知,宝玉后来被逮入狱,在狱神庙里,不仅茜雪出现("茜"也是红色)了,小红和贾芸也出现了。"绛芸轩"这个名字,是否含有特殊的,与小红和贾芸相关的隐喻呢?

小红和贾芸的爱情故事是《红楼梦》里的重要篇章。他们首次见面的场景,有两笔特别值得细细鉴赏。一是贾芸的听觉享受。"只听门前娇声嫩语的叫了一声'哥哥'。"这声"哥哥"不是叫贾芸,而是小红从怡红院出来传唤宝玉的小厮焙茗。二是小红从焙茗话里听清从屋里出来的贾芸是本家的爷们,"便不似先前那等回避,下死眼把贾芸盯了两眼"。曹雪芹笔下多次细写人物的眼神。依我之见,小红的"下死眼",可评为全书"第一眼神"。

在当时社会,在那样的贵族宅第、那样的具体环境里,女子都必须按礼教行事,对异性,尤其对青年男子,绝不能直视、正视、久视。偷窥已属不良行为,何况下死眼盯着看。但小红有种。她在怡红院悒悒不得志。她知道自己难以接近宝玉。纵使宝玉对自己产生一点兴趣,她也绝无袭人那样的前途。她不像晴雯那样快活一天算一天,深知"千里搭长棚,没有个不散的筵席"的道理。尽管父母是府里大管家,能让她配小子时比那些出身背景差的丫鬟略强一些,但她不甘心任由父母包办婚姻。她要自主择婿,蹚出一条自强之路。

曹雪芹用"下死眼"三个字,把一位具有自主意识的女奴的心灵眼神活画了出来。

镜内对视

那真是一幅绝妙的图画，或者是一个生动的镜头：《红楼梦》第二十回，麝月坐在梳妆匣前，卸去钗钏，打开头发；宝玉站在她身后，拿篦子给她梳头。这本是宁静的二人世界。忽然，晴雯跑了进来——她跟人耍钱输了，回来取钱去捞本——一见那情景，立刻尖牙利齿地讥讽："哦，交杯盏还没吃，倒上头了。"宝玉忙表示也可为她梳头。晴雯说："我没那么大福。"她拿完钱，就摔帘子出屋了。宝玉和麝月在镜内相视。宝玉笑对镜中的麝月说："满屋里就只是他磨牙。"麝月忙向镜中摆手。宝玉会意。果然,晴雯掀帘子进来,不满发问:"我怎么磨牙了?咱们倒得说说。"麝月笑道:"你去你的罢,又来问人了。"晴雯又斗了两句嘴,才一径跑去接着耍。场面复归于宁静。

麝月在宝玉身边,"公然又是一个袭人"。

宝玉雨中回到怡红院,因为丫鬟们没有及时开门,就在门开后任性地一脚踹去。他万没想到踢中的是袭人。袭人"不觉将素日想着后来争荣夸耀之心尽皆灰了"。这说明袭人的人生目标就是当上宝玉的第一姨娘,并以此来"争荣夸耀"。麝月显然没有这样的野心。她之像袭人,是指可以在袭人不在的时候替代袭人,为宝玉的世俗生活避免微嫌小弊。

从书里的描写看,袭人尽管性格温柔和顺,气质似桂如兰,论姿色却绝非一流;麝月就更平庸一些。虽然《红楼梦》有几次写出袭人的嘴不让人,也写出麝月说退芳官干娘的无理取闹,呈现出她们性格中有棱角的一面,但她们基本上还属于圆润型性格，不像晴雯那么爆炭般火辣、剪锥般尖刻，也不像芳官那么浪漫任性。第七十七回，晴雯被撵后，宝玉难以自持。袭人这样劝解："太太只嫌他生的太好了，未免轻佻些。在太太是深知这样美人似的人必不安静，所以恨嫌他，像我们这粗粗笨笨的倒好。"袭人说自己"粗粗笨笨"时，把麝月也包括了进去，称"我们"。这未必是虚伪的谦辞。在主子们看来，"粗粗"就是姿色不那么出众，对府中公子没有"狐媚子"的威胁；"笨笨"就是对比她们身份低的会显示出尊严威力，但对主子却是跟前背后都绝不多言多语、多想妄动的。

根据曹雪芹的构思，在贾宝玉的丫鬟里，檀云是跟麝月配对的。宝玉住进大观园后写的《夏夜即事》诗里有两句是"窗明麝月开宫镜，室霭檀云品御香"。晴雯夭折后，宝玉撰《芙蓉女儿诔》悼她，其中有"镜分鸾别，愁开麝月之奁；梳化龙飞，哀折檀云之齿"的对偶句，把两个丫鬟的名字嵌了进去。曹雪芹还设计了一个丫鬟绮霰。绮霰和晴雯的名字也恰好对应。可惜檀云、绮霞、媚人等宝玉的丫鬟在前八十回都只有其名不见其事，也许会在八十回后出现并参与情节的推衍？

经我探佚，在八十回后的情节发展里，袭人在忠顺王点名索要的情况下被迫离开荣国府，临走时告诉已经成婚的宝玉和宝钗："好歹留着麝月。"后在忠顺王勒令裁撤丫鬟，只许留下一人时，宝玉、宝钗果然留下了麝月。但在皇帝通过忠顺王对荣、宁二府实施第二波毁灭性打击时，宝钗先已死去，宝玉被逮入狱，麝月则被收官发卖，不知所终。

在书中写到宝玉为麝月梳头并镜内对视时，畸笏叟的一条批语这样写道："麝月闲闲无一语，令余鼻酸，正所谓对景伤情。"批语的内容与书中那段情节并不对榫。在那段情节里，麝月并非"闲闲无一语"。而且那时正值荣国府的全盛时期，繁华热闹，主仆同乐。于是我从批语推测出，麝月是有原型的。其原型经历一番惨烈遭遇后，终于与批书的人遇合。批书的人把书里那段关于她和宝玉镜内对视的文字读给她听。她的悲怆并不形于外，而是"闲闲无一语"，真是"此时无声胜有声"，使得批书的人鼻酸，不禁把书中往昔的繁华与书外今日的萧索两相对照，感慨万端。

杀鸡抹脖使眼色儿

这是一个连带肢体语言的极其生动的眼神描写。贾琏和王熙凤的女儿染上天花后,全家总动员,采取种种措施维护大姐儿,使其逃过一劫。有的读者不理解,出痘算多大的症候,怎么让荣国府紧张到如此地步?查清代文献就可知道,天花在那时候一旦流行,即便是皇宫也如临大敌,而且没有什么好办法来防止传染;治愈率也很低,完全是听天由命的恐怖状态。若干皇子、公主都夭折于天花。

玄烨之所以得以继承帝位,很重要的一个原因就是他在儿时染了天花,却只在脸上留下了一些瘢痕。天花是一旦得过并康复就会终身免疫的。顺治皇帝死后,掌握朝政大权的孝庄皇太后正是考虑到这一点,才果断立玄烨为帝。曹雪芹之所以四十岁就去世,也是因为他的独子死于天花令他悲伤过度。

大姐儿染上天花后,贾府立刻安排她隔离治疗,这正是那个时代一般世态的真实写照。在王熙凤为女儿着急奔忙时,贾琏却趁机偷腥。大姐儿病愈,贾琏要从外书房搬回他跟王熙凤的卧室时,平儿收拾铺盖,发现了贾琏偷腥的证据——一绺女人的头发。贾琏意欲抢回,平儿拼力挣扎。正在这个当口,王熙凤来了,询问平儿整理东西时可发现少了什么?多了什么?"杀鸡抹脖使眼色儿"便是这时候,贾琏在王熙凤身后抛给平儿的一套做派。平儿不动声色,若无其事地替贾琏遮掩了过去。等王熙凤一走,贾琏还是把那绺头发夺了过去。

这是第二十一回的情节。这一回的回目是"贤袭人娇嗔箴宝玉　俏平儿软语救贾琏"。前半回在写袭人和宝玉的冲突时,夹写了一笔宝钗对袭人的暗赏。在古本里，这个地方有条脂砚斋批语，意思是这一回是以两个丫鬟表现两对主子的关系；八十回后，有一回的回目是"薛宝钗借词含讽谏　王熙凤知命强英雄"，就不是通过袭人、平儿来折射二宝和琏凤的关系了，而是直接表现两对人物的意识冲撞。

我的探佚结果是，八十回后王熙凤会被贾琏休掉，并且与平儿换了位置。有的读者提出，王熙凤被休尚可信，但是她与平儿互换位置，则难以认同。有位读者说，王熙凤带着巧姐离开另过不就结了吗？她怎么能忍受与平儿互换位置的奇耻大辱？这是现代人的思维。现在女性与男子离异，可以通过法律保护带着孩子离开另过。《红楼梦》所表现的那个时代是男权社会，女子被丈夫休了，只能独自离开返回娘家，不能带走子女。又有读者问，王熙凤既被休了，就该回到王家去，她怎么还在贾家？

我此前对这一点的探佚心得交代得不细，借此文加以补充。故事发展到那个阶段，四大家族陆续遭到打击。首当其冲的应该是史家，也就是贾母的娘家。史湘云的两个叔叔全被削了爵。随后就是王家。王家原来有个在朝中做大官的王子腾，是王夫人和薛姨妈的哥哥、王熙凤的伯伯或叔叔，后来被皇帝罢官治罪。牵连到的王家几房，全都"忽喇喇似大厦倾"。王熙凤那一房也整个儿破落了。她的胞兄王仁只顾自己苟活，哪里还管她的死活。贾琏休掉王熙凤之后，她已无娘家可回，不得已接受了贾琏将平儿扶为正妻，把自己降到以往平儿那样的通房大丫鬟地位的方案。皇帝命忠顺王来查抄贾家。忠顺王知道荣国府一直是王熙凤打理，为查清荣国府的财产，也绝不会允许王熙凤以任何理由离开。王熙凤"知命"，屈辱存活，但她毕竟性格刚硬，有时候又不免梗着脖子"强英雄"。

虽然我们知道《红楼梦》在八十回后有这样一个回目，但具体是怎么行文的，只能猜想了。

乜斜着眼

《现代汉语词典》对"乜斜"有两解:一是眼睛因困倦眯成一条缝,一是眼睛略眯而斜着看(多表示瞧不起或不满意)。曹雪芹写《红楼梦》不止一次使用乜斜一词表现人物眼神,他赋予这个词的意味比《现代汉语词典》的解释更为丰富。

第三十回,盛暑中午时分,宝玉因无聊,顺脚进入王夫人上房。王夫人在里间凉榻上睡着,金钏儿坐在旁边一边捶腿一边乜斜着眼乱恍。这里的"乜斜"一词,确实只是形容金钏困倦时眼神恍惚。宝玉悄悄跟她调笑,其间有动作,有玩笑话。金钏说了句最不该说的涉嫌下流的话:"我倒告诉你个巧宗儿,你往东小院子里拿环哥儿和彩云去。"宝玉和金钏儿都万没想到,王夫人那时并未睡沉。她忽然翻身起来,照金钏脸上就打了个嘴巴子,指着金钏骂道:"下作小娼妇,好好的爷们,都叫你教坏了!"盛怒之下,王夫人立即把金钏的母亲叫来,将金钏撵了出去。结果大家都清楚,就是"含耻辱情烈死金钏"。

金钏之死是不是奴隶主对女奴的迫害?以今天的观点来看,答案是肯定的。其实宝玉对这件事也有一定责任。金钏虽然轻佻,但宝玉在王夫人打骂金钏时一溜烟跑了,竟没有留下为金钏辩解几句。

就曹雪芹下笔而言,倒未必是要表现主子对奴才的压迫,他似乎是在书写又一个性格悲剧。第二十三回,在写到贾政和王夫人召见众子女时,特意写到宝玉进门前,一群丫鬟在廊檐下站着,见到他后都只是抿着嘴笑。唯独金钏一把拉住宝玉说:"我这嘴上是才擦的香浸胭脂,你这会子可吃不吃了?"金钏仗着素日王夫人对她服务的惯性依赖,竟不知收敛自己的轻薄做派。她是迟早要出事的。王夫人对金钏的投井自尽,在曹雪芹笔下并不是狠毒无情,而是心有悔意。这也很符合王夫人的一贯性格。第七十四回,王夫人决定抄检大观园,撵了晴雯等丫鬟。曹雪芹在叙述文字里说:"王夫人原是天真烂漫之人,喜怒出于心臆,不比那些饰词掩意之人。"我认为那并非反讽之语,而是对王夫人性格的白描。

金钏的乜斜是睡眼。醉眼也可能乜斜。

第二十四回"醉金刚轻财尚义侠",写贾芸在卜世仁舅舅家受了气,烦恼中低头往家走,不曾想一头撞到了一个醉汉身上。那是市井泼皮醉金刚倪二。倪二正抓住贾芸脖领骂完要打时,贾芸忙叫道:"老二住手,是我冲撞了你!"倪二听是熟人,将醉眼睁开看时,见是贾芸,忙把手松了,趔趄着转怒为喜。这段描写里曹雪芹虽然没有使用乜斜二字,但脸上醉眼、脚下趔趄,让读者产生倪二双眼乜斜的想象,也很自然。

醉金刚这个角色很耐琢磨。他在市井中重利放贷，似乎没有什么正面价值可言。但曹雪芹却用十分明亮的色彩来描绘他，把他安排进回目，称道他"轻财尚义侠"；脂砚斋批语更指出，在作者和他的实际生活里，都遇到过醉金刚这样的人物。言外之意，他们多舛命运中的若干援助者，恰恰是这种"泼皮破落户"。

醉金刚是底层的社会边缘人。书里另一位引人瞩目的社会边缘人是柳湘莲。曹雪芹对这位破落世家的飘零子弟给予了更多的温情与赞美。

薛蟠错把会串戏的柳湘莲视为可以轻亵的相公。第四十七回"呆霸王调情遭苦打"的情节里，曹雪芹从各种角度描写了薛蟠色迷颠顶的眼神。他听到柳湘莲明明是骗他的话，竟信以为真，"喜得心痒难挠，乜斜着眼忙笑道……"薛蟠的眼神，区别于金钏的睡眼和倪二的醉眼，是十足的色眼，这样看柳湘莲更刺激了柳湘莲痛打他的决心。

但是，我们要注意，在曹雪芹笔下，柳湘莲是个由着自己性子生活的人，也是个常会随性而变的人。痛殴薛蟠之后，他避事藏匿。有的读者或许以为他的故事就此结束,没想到在第六十六回,他竟忽然和薛蟠同时出现在贾琏面前。柳湘莲竟是戏剧性地驱散了劫掠薛蟠商队的强盗,与薛蟠不仅尽弃前嫌,更结拜为兄弟了。贾琏趁便促成了他和尤三姐定亲。谁知回到京城后,听了宝玉几句话,他又坚决反悔,要收回定亲的鸳鸯剑。这导致了尤三姐的持剑自刎。

有一段扑朔迷离的文字,使读者觉得柳湘莲遁入了空门。我的探佚结果是,柳湘莲在八十回后复出俗世,不仅做了对抗皇帝和"日派"政治势力的"强梁",还与没嫁成梅翰林家的薛宝琴在离乱中遇合,使得薛宝琴最后"不在梅边在柳边"。根据之一,就是曹雪芹已在前面为柳湘莲的性格特征和命运轨迹定下了调子:他是最会随性而变,也最会出人意表的一种生命存在。

贾政一举目

《红楼梦》具有反封建的思想内涵,这是非常值得尊重的论断。有些持这种观点的人,把贾政设定为封建正统的代表,从书里截取他的若干言行,特别是训斥贾宝玉的那些话,从而把全书的主线概括为那个时代的"新人"(新兴市民阶层的代表人物)与封建顽固势力的斗争。我以为,这样的观点有简单化的弊病,不利于我们理解曹雪芹的苦心、参透《红楼梦》的真味。

书里的贾政也是很立体化的。他固然有忠于皇帝的一面,有父权、夫权的威严,有封建正统思想，对贾宝玉也总是施以必须走仕途经济"正路"的意识形态压迫，但曹雪芹在书中也多次写到他内心的矛盾。他的灵魂由多种因素组合而成，而且常会发酵，生发出种种复杂的况味。

第二十二回"制灯谜贾政悲谶语"中，曹雪芹从多个层次展开了贾政内心涌动的情愫。贾政的原型并非贾母原型的亲子，而是过继的。曹雪芹写了贾母对贾政的冷淡和贾政内心对母爱的需求，写了他面对晚辈灯谜中透露出的不祥之兆的警觉惊悚，也写了他在家族兴隆时内心的孤苦无告与疲惫凄清。这是一个有血有肉的形象。我们在欣赏这个艺术形象时，要摆脱贴标签的模式，从中体味曹雪芹挖掘、探究人性的功力。

按有些人的粗糙思路，贾政一举目，定然无好事，又要宣扬封建正统思想。但是，在第二十三回，贾政和王夫人召集子女们，准备公布元妃让他们住进大观园的谕旨。在晚辈到齐后，曹雪芹特意写下这样一笔："贾政一举目，见宝玉站在眼前，神采飘逸，秀色夺人；看看贾环，人物委琐，举止荒疏。忽又想起贾珠来,再看看王夫人只有这一个亲生的儿子,素爱如珍,自己的胡须将已苍白;因这几件上,把素日嫌恶处分宝玉之心不觉减了八九。"贾政的眼神从外在形态直写到了内在底蕴。这说明,他也有超越封建价值观念判断的审美亲情。

第七十八回"老学士闲征姽婳词",曹雪芹更进一层写出:"近日贾政年迈,名利大灰,然起初天性也是个诗酒放诞之人,因在子侄辈中,少不得规以正路。近见宝玉虽不读书,竟颇能解此,细评起来,也还不算十分玷辱了祖宗……"读者应该会感到贾政与宝玉并非势不两立。他们的灵魂深处,都有看淡功名、诗酒放诞的因素。只不过贾政素日压抑自己、更去压抑子侄,而宝玉能挣脱压抑、自觉释放罢了。

我的探佚心得是,"老学士闲征姽婳词"是贾政内心深处悼明亡情绪的一次大宣泄。有的读者问:贾政是清王朝的官僚,怎么会有那样的心思?更有人问:曹雪芹是八旗子弟,又不是明朝的遗老遗少，怎么会在书里通过这样的情节、这样的人物表达哀明的情绪？

我们要弄通这些问题，就必须知道三个事实：

第一，曹雪芹祖上是满洲八旗的成员。曹家所属的正白旗还是八旗中的"上三旗"之一。

第二，曹雪芹祖上是汉人，但很早被满族人俘虏，与满族人共同作战，立下了汗马功劳，后来更与满族人一同入关，因此清王朝统一之后被委以重任。曹家后来三代四人担任江宁织造，在康熙一朝无限风光。曹雪芹的祖父曹寅，与康熙可谓"发小"，除了织造任内的事务，他还兼负盐政、制造铜筋、刻印典籍等重任，更是一个不为人知的单线与康熙联系的特务。曹家特工任务中的一项，就是与明朝的遗老遗少套近乎，刺探他们的内心想法与外在作为。

第三，虽然曹雪芹祖上被编入满八旗，但曹家在正白旗的地位比满族成员低，属于"包衣"；他们被分配到的内务府，是为皇家服务的专门机构。

从曹寅留下的诗文中，可以找到不少在与明朝遗老遗少的唱和中，他自己发哀明之幽思的蛛丝马迹。这一方面可能是为了拉近关系，另一方面也不排除其内心确有那样的情愫涌动。曹寅那样做有所仗恃。康熙六次南巡，四次住进江宁织造署。康熙为了强调清朝政权的合法性与连续性，专门祭奠了明太祖陵，还书写了"治隆唐宋"的碑文。这表明，曹寅适度地表达悼明情绪，是"打擦边球"，并不一定是悖逆，弄巧妙了反倒是对清朝"奉天承运"的一种肯定。

在了解这些书外的情况之后，我们就能更好地理解书里贾政"闲征姽婳词"的这段情节。

相对笑看

王夫人抄检大观园的导火线,是傻大姐在大观园山石上拣到的一个绣春囊。绣春囊究竟是谁落在那里的?绝大多数读者都认为是司棋的情人。抄检时,迎春的箱子里抄出了司棋表兄潘又安写给她的一封密信。信里面提到:"所赐香袋二个,今已查收。"潘又安在潜入园子与司棋幽会时,可能至少佩戴着一个绣春囊。他们在隐蔽处宽衣求欢,却被鸳鸯无意惊散,潘又安在惶恐中把绣春囊落在了山石上。这是顺理成章的解释。但是,对于这个问题,也有另样的解答。

一位叫徐仅叟的人认为，遗落绣春囊的不是司棋、潘又安，而是薛宝钗。这位徐仅叟是晚清的官僚文士，是跟康有为、梁启超志同道合的人。对《红楼梦》里描写的人情世故，他显然比我们更了解。作为饱学之士，他这样解读自有其逻辑。

在抄检大观园的第二天，惜春"矢孤介杜绝宁国府"。尤氏被惜春抢白了一顿，怏怏地到了抱病疗养的李纨住处。她们还没说多少话，就听人报，"宝姑娘来了"。果然是薛宝钗到。

王善保家的在头晚抄检时提出，王夫人不让抄检亲戚。薛宝钗和林黛玉都是亲戚，但薛宝钗住的蘅芜院秋毫未犯，林黛玉住的潇湘馆却没被放过。在这些地方，曹雪芹下笔很细，他虽未明点王夫人的心态，却可以让聪明的读者对王夫人诛心。抄家的浩荡队伍虽然没进入蘅芜院，但是没有不透风的墙。

薛宝钗探得虚实后，第二天就来到李纨这里，说因为母亲身上不自在，赶上家中可靠的女人也病了，所以她需得亲自回去照料一时。从大观园撤回，薛家需向老太太、太太说明，或者去跟凤姐说明。但是,宝钗强调,"又不是什么大事,且不用提,等好了我横竖进来的"。她只来知会了李纨,并托她转告。对于宝钗的撤离决定,曹雪芹写了李纨和尤氏的眼神。"李纨听说,只看着尤氏笑,尤氏也只看着李纨笑。"几个人一时间都无语。在尤氏盥沐之后,大家且吃面茶。

李纨和尤氏相对笑看,那应是无声的浅笑,是心照不宣。她们都深知宝钗的心机。薛宝钗真是随处装愚、自云守拙。

宝钗见识丰富,高雅低俗无所不通,即便她有绣春囊,也并不意味着她心思淫荡。她哥哥薛蟠一定有不少这类东西,也让她得来全不费工夫。但是,她把那东西带进大观园并遗落在山石上的可能性实在太小。徐仅叟想把这一点解释圆满,恐怕也不容易。尽管如此,我觉得徐仅叟的观点仍有参考价值。宝钗是有"热毒"的,须时时吞食"冷香丸"来平衡自己的身心状态。

我们可以把宝钗和宝玉、黛玉对比一下。宝玉、黛玉虽聪慧过人,却"五毒不识"。他们不懂仕途经济。不仅宝玉不会使用称银子的工具，黛玉也不识当票。他们坐在台下看《鲁智深醉闹五台山》，却不会背其中的唱词。虽然他们接触到《西厢记》的戏本后欣喜若狂，但是宝钗早在幼年时就把《元人百种》都浏览过了。宝玉不识绿玉斗的贵重；黛玉不知梅花雪烹茶才称上品，而旧年蠲的雨水"如何吃得"。宝钗之所以能成为当时贵族家庭的模范闺秀，不是因为她单纯、真诚、透明，而恰恰是因为她什么都知道却能装作什么都不知道。她说话、行事常常让别人心下明白却又无法点破。这是她在当时社会环境中游弋的优势，但这也使她即便获得了宝玉的人，却无法获得宝玉的心。

宝钗来辞别，李纨、尤氏先只是相对笑看，无语应付。后来，李纨才说："你好歹住一两天还进来，别叫我落不是。"这时，宝钗冒出一句很厉害的话："落什么不是呢，这也是通共常情，你又不曾卖放了贼。"宝钗不该如此绵里藏针。脱口而出的"你又不曾卖放了贼"是否真正表明，她对抄检一事除了回避，还有某种微妙的心理？

以目相送

有一个被称为"靖藏本"的古本《红楼梦》,二十世纪中叶一度浮出水面,却又神秘地消失。阅读过这个古本的人,抄录了其中若干独有的批语,寄送给当年的红学家们。这些"靖藏本"批语也就随之传播开来。我对这些资料也很重视,把它们也纳入了自己探佚的参考范围之内。但是,"靖藏本"在第六十七回前,有很长的涉及全书结尾的批语,我在探佚时没有采纳。

经不止一位红学家研究考证,基本达成共识:古本《红楼梦》的第六十四、六十七回两回不是曹雪芹的文笔，也不是高鹗弄出来的，应该是跟曹雪芹比较亲近的人揣测曹雪芹的构思补缀的。

一些红学家认为，虽然第六十四回的前半回大体是曹雪芹留下的，但是第六十七回正文全不可靠。批语的价值也就格外可疑。在现存的其他古本里，第六十七回没有任何批语，使得"靖藏本"的批语的确很独家。在这一回的批语中，被抄录者过录下来的文字简直无法阅读，甚至是错乱到不知所云的程度。这也是我不敢采纳的重要原因。我勉强点读后得知，这部分的批语大体是说：作者最末回写宝玉"撒手"达到"了悟"。他出家不必削发，回到青埂峰时，仍是在甄士隐的梦里。前面引领他回归的人是尤三姐。而我的探佚，在最末一回却出现了二丫头。

我比较看重二丫头，认为她会在最关键的时刻起到令宝玉顿悟升华的作用。第十五回，宝玉随凤姐去了一处农庄。对凤姐来说，这不过是找处地方暂且"更衣"；对宝玉来说，却是来到了一处与平日完全不同的环境，令他产生了新鲜的生命体验。

在农庄里，宝玉遇到了二丫头。她是一个淳朴的村姑，后来还纺线给宝玉看，使他大开眼界。

本来这段文字似乎也没有什么警动读者之处，但登车离开农庄时，曹雪芹却写道："出来走不多远，只见迎头二丫头怀里抱着他小兄弟，同着几个小女孩子说笑而来。宝玉恨不得下车跟了他去，料是众人不依的，少不得以目相送，争奈车轻马快，一时展眼无踪。"

关于二丫头的出现，脂砚斋批语指出："处处点情，又伏下一段后文。"她在"以目相送""车轻马快"侧旁又批道："四字有文章。人生离聚，亦未尝不如此也。""四字"多被认为是"车轻马快"，我却觉得更应指"以目相送"。

宝玉的眼神体现出他内心对囚禁于富贵之家的大苦闷，以及对复归淳朴田园生活的大向往。同时，这也是一个大伏笔。最后，他会在二丫头的引领下顿悟，从而"悬崖撒手"、复归天界。"因空见色，由色生情，传情入色，自色悟空。"曹雪芹用"由色生情，传情入色"八个字作为顿悟的桥梁,超出了传统世俗佛教的"色空"概念,强调了"情"在宇宙人生中的重大意义。

很多人用现成的理论解读《红楼梦》。王国维早在二十世纪初就试图用叔本华的悲观哲学来阐释这部奇书。二十世纪中叶,红学家开始用俄罗斯别林斯基、车尔尼雪夫斯基、杜勃罗留波夫的文艺观点,特别是恩格斯提出的"典型环境中的典型人物"的理论分析论证《红楼梦》的主题与人物。进入二十一世纪,人们又用康德、尼采、海德格尔的哲学和女权批评、结构主义、后现代主义、解构主义等诠释《红楼梦》。

在十八般文艺批评的利器中,凡可取之处皆可借鉴、使用。我自己的研究也一直借鉴、使用原型研究和文本细读的方法。但曹雪芹写《红楼梦》是超越理论的。他不是在既有理论的指导、启发下写的这部小说,而是自创了"真事隐"又"假语存"的文本。他在书中"处处点情",以"情"贯串全书,似乎在启示我们:宇宙人生中最宝贵的事物,不是功名利禄,不是传宗接代,不是声光色电,而